読書がたのしくなる 世界の文学

めそめそしてても、いいじゃない!?

くもん出版

めそめそしてても、いいじゃない!?

もくじ

それといっしょに、なんともいえないおそろしい気《き》がし出《だ》して、
大男《おおおとこ》はぺったり子《こ》どもの足元《あしもと》に膝《ひざ》をつきました。

わがままな大男《おおおとこ》

オスカー・ワイルド
（楠山正雄《くすやままさお》・訳《やく》）

オスカー・ワイルド　一八五四—一九〇〇

大男《おおおとこ》の花園《はなぞの》では、子《こ》どもたちが楽《たの》しく遊《あそ》んでいました。ところが大男《おおおとこ》が子《こ》どもたちを追《お》い出《だ》したため、庭《にわ》には春《はる》が来《こ》なくなってしまいました。そんな自分《じぶん》のことしか考《かんが》えなかった大男《おおおとこ》が、ある幼子《おさなご》に出会《であ》ったことで人《ひと》の幸《しあわ》せを願《ねが》う生《い》き方《かた》をするようになります。幼子《おさなご》とは誰《だれ》のことでしょうか。クリスマスの季節《きせつ》に読《よ》むのにふさわしい物語《ものがたり》です。作者《さくしゃ》のワイルドは、二人《ふたり》の息子《むすこ》のために書《か》いたと思《おも》われる童話集《どうわしゅう》を二冊《さつ》発表《はっぴょう》しています。

一

毎日《まいにち》お昼《ひる》すぎ学校《がっこう》から帰《かえ》ると、子《こ》どもたちは大男《おおおとこ》の花園《はなぞの》へ行《い》って遊《あそ》びました。

それは大《おお》きな愛《あい》らしい花園《はなぞの》で、やわらかな芝生《しばふ》が青々《あおあお》としていて、その間《あいだ》からところどころ星《ほし》のような綺麗《きれい》な花《はな》がのぞきこんでいました。それから桃《もも》の木《き》が十二本《ほん》もあって、春《はる》はうす紅《あか》い真珠《しんじゅ》のようなやさしい花《はな》を開《ひら》き、秋《あき》はたくさんにおいしい実《み》を結《むす》びました。いろいろな小鳥《ことり》が木《き》の上《うえ》にとまって歌《うた》をうたう声《こえ》は、ほんとうにかわいらしくって、子《こ》どもたちも、ふと遊《あそ》びをやめてききほれるほどでした。

「ここはほんとにいいところだねえ」

こう子《こ》どもたちはうれしそうにいい合《あ》いました。

すると、ある日《ひ》主人《しゅじん》の大男《おおおとこ》が帰《かえ》ってきました。大男《おおおとこ》は友《とも》だちのコーン

花園《はなぞの》…花《はな》の咲《さ》く草木《くさき》をたくさん植《う》えた庭《にわ》。

ききほれる…きいてうっとりする。

コーンウォール…英国《えいこく》イングランド南西部《なんせいぶ》の地域《ちいき》。保養地《ほようち》として有名《ゆうめい》。

ウォールの大男《おおおとこ》のところに遊《あそ》びに行《い》って七年《ねん》もそこに泊《と》まっていたのでした。けれど七年目《ねんめ》には、話《はなし》の種《たね》はいつもきまっていますし、だんだん何《なに》も話《はなし》をすることがなくなってしまったので、こんどは思《おも》いきって自分《じぶん》のお城《しろ》へ帰《かえ》ってくることにしたのでした。

帰《かえ》ってきてみると、花園《はなぞの》では子《こ》どもたちがおもしろそうに遊《あそ》んでいました。

「お前《まえ》たちはここで何《なに》をしているのだ」

いきなり大男《おおおとこ》が意地《いじ》のわるい声《こえ》でどなりつけたものですから、子《こ》どもたちはびっくりしてみんな逃《に》げていきました。

「おれの花園《はなぞの》はおれの花園《はなぞの》だ。あたり前《まえ》の話《はなし》だぞ。おれのほかにはたれもはいってきて遊《あそ》ぶことはならないのだ」

こう大男《おおおとこ》はいって、花園《はなぞの》のまわりにたれもはいれないような高《たか》い高《たか》い塀《へい》をこしらえて、おまけに立《た》て札《ふだ》まで出《だ》しました。

話《はなし》の種《たね》…話《はなし》の材料《ざいりょう》。話題《わだい》。

たれ…だれ(誰《だれ》)の古《ふる》いいい方《かた》。

このうちに入《い》る者《もの》は罰《ばっ》せらるべし

その大男《おおおとこ》はたいへん意地《いじ》のわるいわがままな男《おとこ》でした。かわいそうに、子《こ》どもたちは、それからはもう遊《あそ》ぶところがなくなってしまいました。しかたがありませんから往来《おうらい》で遊《あそ》んでみましたが、往来《おうらい》はほこりが立《た》つし、石《いし》ころがごろごろしていて、すぐいやになりました。それで学校《がっこう》がひけると、子《こ》どもたちはやはり高《たか》い高《たか》い塀《へい》の立《た》っている近所《きんじょ》をうろついて、その中《なか》の綺麗《きれい》な花園《はなぞの》の話《はなし》ばかりしていました。

「あすこはほんとによかったなぁ」

こう子《こ》どもたちはつまらなそうにいい合《あ》いました。

罰《ばっ》せらるべし…罰《ばっ》せられます、を強調《きょうちょう》したいい方《かた》。
往来《おうらい》…人《ひと》や乗《の》り物《もの》の行《い》き来《き》する道路《どうろ》。

二

やがて春《はる》が来《き》て、どこの土地《とち》にも、小《ちい》さな花《はな》が咲《さ》いて、小《ちい》さな鳥《とり》がなき出《だ》しました。けれどもわがままな大男《おおおとこ》の花園《はなぞの》だけはいつまでも冬《ふゆ》でした。子《こ》どもがいませんから、小鳥《ことり》も歌《うた》をうたおうともしませんし、木《き》も花《はな》を開《ひら》こうともしませんでした。たった一度《いちど》きれいな花《はな》が一《ひと》つ草《くさ》の中《なか》から頭《あたま》を出《だ》しかけましたが、大男《おおおとこ》の出《だ》した立《た》て札《ふだ》を見《み》ると、子《こ》どもたちが気《き》の毒《どく》になったので、また土《つち》の中《なか》にもぐりこんで、寝《ね》こんでしまいました。

その中《なか》で喜《よろこ》んでいるのは雪《ゆき》と霜《しも》だけでした。

「春《はる》のやつもこの花園《はなぞの》だけは忘《わす》れたと見《み》える。おかげでおれたちは一年《いちねん》中《じゅう》ここで暮《く》らされる」

こういってとくいな顔《かお》をしながら、雪《ゆき》はその大《おお》きな白《しろ》いうわぎを芝生《しばふ》

暮《く》らされる…暮《く》らすことができる。

いっぱいにひろげるし、霜《しも》は木《き》という木《き》を銀色《ぎんいろ》にぬりつぶしてしまいました。そのうえお友《とも》だちの北風《きたかぜ》まで泊《と》まりがけで遊《あそ》びに来《く》るようにいって呼《よ》んだので、これもさっそくやってきました。そして毛皮《けがわ》にくるまったまま、一日中花園《いちんちじゅうはなぞの》の中《なか》を唸《うな》り声《ごえ》を立《た》ててほえまわって、とうとう煙出《けむだ》しの頭《あたま》を吹《ふ》きおってしまいました。

「どうもすばらしい場所《ばしょ》だ。これはどうしても雹《ひょう》のやつも呼《よ》んでやらなければならない」

北風《きたかぜ》がこういうと、やがてその雹《ひょう》もやってきました。雹《ひょう》は毎日《まいにち》三時間《じかん》もお城《しろ》の屋根《やね》の上《うえ》をがらがらたたいてまわった末《すえ》、屋根瓦《やねがわら》をたいてい、たたきこわしてしまいました。それでも足《た》りなくって、花園《はなぞの》の中《なか》をおそろしく早《はや》く転《ころ》げまわりました。この雹《ひょう》は鼠色《ねずみいろ》の着物《きもの》を着《き》て、氷《こおり》のように冷《つめ》たい息《いき》をはきかけはきかけしていました。

「どうもおかしい。どうしてこんなに春《はる》の来《く》るのがおそいのだろう」

煙出《けむだ》し…煙突《えんとつ》のこと。煙《けむり》だし。

大男《おおおとこ》は窓《まど》のわきに、すわっていつまでも、寒《さむ》くって、真《ま》っ白《しろ》な冬《ふゆ》の花《はな》園《ぞの》をながめながら、こういいました。

「きっと陽気《ようき》がどうかしているのだ」

けれども春《はる》はどうしてもやってきませんでした。夏《なっ》もやはり来《き》ませんでした。秋《あき》はどこの花園《はなぞの》にも、黄金色《こがねいろ》の果実《くだもの》をこぼれるほどならせましたが、大男《おおおとこ》の花園《はなぞの》には何一《なにひと》つならせませんでした。

「あいつはあんまりわがままだから」と、秋《あき》はいっていました。

こんなわけで、いつも冬《ふゆ》ばかりが巾《はば》をきかせていて、北風《きたかぜ》と雹《ひょう》と霜《しも》と雪《ゆき》とが、枯《か》れ木《き》と枯《か》れ木《き》の間《あいだ》をおどりまわっていたのでした。

三

するとある朝《あさ》のことでした。大男《おおおとこ》が寝床《ねどこ》の中《なか》で目《め》をさましていますと、

巾《はば》をきかせて…勢力《せいりょく》をふるって。通常《つうじょう》は、幅《はば》の字《じ》を使用《しよう》する。
楽師《がくし》…音楽《おんがく》を演奏《えんそう》する人《ひと》。楽人《がくじん》。

なんだかやさしい音楽《おんがく》が聞《き》こえました。その音楽《おんがく》の音《おと》がいかにもいい心《こころ》持《も》ちに聞《き》こえたので、大男《おおおとこ》はきっとこれは王《おう》さまの楽師《がくし》たちが外《そと》を通《とお》るのではないかと思《おも》いました。ところが実《じつ》をいうとそれは窓《まど》の外《そと》で小《ちい》さな一羽《わ》の紅雀《べにすずめ》が歌《うた》をうたっただけでしたが、なにしろ大男《おおおとこ》の花園《はなぞの》へ小鳥《ことり》が来《き》て歌《うた》をうたうということはまるでないことだったものですから、この紅雀《べにすずめ》のさえずりさえ、世界中《せかいじゅう》のいちばん美《うつく》しい音楽《おんがく》のように聞《き》こえたのでした。

するとと雹《ひょう》は大男《おおおとこ》の頭《あたま》の上《うえ》で踊《おど》りをおどることをやめるし、北風《きたかぜ》も唸《うな》り声《ごえ》を立《た》てることをよしました。そして開《ひら》いた窓《まど》からはすうすう甘《あま》いいいにおいがはいってきました。「とうとう春《はる》のやつがやってきたな」こう大男《おおおとこ》はいって、寝床《ねどこ》の中《なか》からとび起《お》きて外《そと》をながめました。

大男《おおおとこ》はそのとき、何《なに》を見《み》たでしょう。

大男《おおおとこ》の見《み》たものは、それはそれはふしぎな景色《けしき》でした。塀《へい》の一《ひと》つの孔《あな》

紅雀《べにすずめ》…スズメ目《もく》カエデチョウ科《か》の全長《ぜんちょう》10センチメートルほどの鳥《とり》。小型《こがた》だが、スズメに姿《すがた》が似《に》ていて、雄《おす》は全身《ぜんしん》が赤色《あかいろ》あるいは赤褐色《せきかっしょく》であることから、この名《な》がある。

から子《こ》どもたちがいつの間《ま》にか花園《はなぞの》に忍《しの》びこんで、そこいら中《じゅう》の木《き》の枝《えだ》に腰《こし》をかけていました。見《み》わたすかぎりの木《き》という木《き》には、一人《ひとり》ずつ子《こ》どもがいました。それに木《き》たちも子《こ》どもたちのかえってきたことをたいへんに喜《よろこ》んで、花《はな》がすっかりきれいにお化粧《けしょう》をして、子《こ》どもたちの頭《あたま》の上《うえ》で、その細《ほそ》い腕《うで》をゆらゆらさせていました。小鳥《ことり》はうれしそうにとびまわって、さえずっていました。草花《くさばな》は青《あお》い芝生《しばふ》の中《なか》から目《め》を出《だ》してのぞきながら、にこにこしていました。それはほんとうに愛《あい》らしい景色《けしき》でしたが、たった一《ひと》つ片隅《かたすみ》にまだ冬《ふゆ》がのこっていました。そこは花園《はなぞの》のいちばん奥《おく》の方《ほう》で、見《み》ると小《ちい》さい子《こ》どもが一人《ひとり》、立《た》っていました。この子《こ》はまだごく小《ちい》さくって、木《き》の枝《えだ》までせいがとどかないものですから、かなしそうに泣《な》きながら、そのまわりをただうろうろしていました、かわいそうに木《き》の上《うえ》にもまだいっぱい霜《しも》や雪《ゆき》が積《つ》もっていて、北風《きたかぜ》がその上《うえ》でぴゅうぴゅううなりながら声《こえ》を立《た》てていました。

そこいら中《じゅう》…そこらじゅうに同《おな》じ。至《いた》るところに。

「坊《ぼ》っちゃん、のぼっていらっしゃい」

　こういって木《き》は一《いっ》しょうけんめいその枝《えだ》を下《した》へたらしてやりましたが、子《こ》どもはあんまり小《ちい》さすぎてとどきませんでした。

　この様子《ようす》を見《み》ると、大男《おおおとこ》の心《こころ》は急《きゅう》にとろけるようになりました。

「おれはほんとうにわがままだった。春《はる》がどうして来《こ》なかったか、そのわけがやっと今《いま》わかった。よし、おれはあのかわいそうな子《こ》どもを木《き》の上《うえ》にのせてやろう。それからおれはあんな塀《へい》なんかたたきこわしてしまって、この花園《はなぞの》を、いつまでも、いつまでも、子《こ》どもたちの遊《あそ》ぶ場所《ばしょ》にしてやろう」

　大男《おおおとこ》はこういって、ほんとうに自分《じぶん》の今《いま》までしたことを後悔《こうかい》しました。

　そこで大男《おおおとこ》はそろそろと梯子段《はしごだん》を下《お》りて、そっと表《おもて》の戸《と》をあけて花園《はなぞの》へ出《で》ました。ところが子《こ》どもたちは大男《おおおとこ》の姿《すがた》を見《み》ると、びっくりして、みんな逃《に》げていってしまいました。そして園《その》はまた冬《ふゆ》になってしまいま

梯子段《はしごだん》…階段《かいだん》のこと。

した。たった一人《ひとり》、あの小《ちい》さな子《こ》どもだけは、あんまり泣《な》いて、いっぱい涙《なみだ》を目《め》にためていたものですから、大男《おおおとこ》の出《で》てきたのを知《し》りませんでした。そこで大男《おおおとこ》はのそのそと子《こ》どものうしろの方《ほう》へ歩《ある》いていって、子《こ》どもをやさしく手《て》のひらに抱《いだ》いて、木《き》の上《うえ》にのせてやりました。すると木《き》はすぐに花《はな》を咲《さ》かせるし、小鳥《ことり》はとんできて歌《うた》をうたい出《だ》しました。そのとき子《こ》どもは両方《りょうほう》の腕《うで》をのばして、大男《おおおとこ》の首《くび》にかけながら、上《うえ》からきすをしました。するとほかの子《こ》どもたちは、もう大男《おおおとこ》がわるい人《ひと》でなくなったのを見《み》て、みんな駈《か》けてかえってきました。それといっしょに春《はる》もまたかえってきました。

「さぁ、子《こ》どもたち、これからはみんなのお庭《にわ》だよ」

大男《おおおとこ》はこういって、大《おお》きな斧《おの》をもってきて、塀《へい》をたたきこわしてしまいました。それから昼《ひる》ごろ、町《まち》の人《ひと》たちが市場《いちば》に行《ゆ》くときにのぞくと、大男《おおおとこ》は子《こ》どもたちといっしょになって、見《み》も知《し》らないような美《うつく》しい花園《はなぞの》

見《み》も知《し》らない…見《み》たことがない。

で、おもしろそうに遊《あそ》んでいました。

一日中《いちんちじゅう》子《こ》どもたちは遊《あそ》びくらして、夕方《ゆうがた》になると、みんなそろって、大男《おおおとこ》に「さよなら」をいいにいきました。

「それはそうと、お前《まえ》たちの小《ちい》さい仲間《なかま》はどこへ行《い》ったろうね。おれが木《き》の上《うえ》にのせてやったあの子《こ》は」

大男《おおおとこ》はその子《こ》どもにはじめてきすをしてもらったので、たれよりもその子《こ》をかわいく思《おも》っていたものですから、こういってたずねました。

「知《し》らないよ。行《い》っちゃったんだよ」と、子《こ》どもたちは答《こた》えました。

「じゃああの子《こ》にあしたもきっと来《く》るようにいっておくれ」と大男《おおおとこ》はいいました。

けれども子《こ》どもたちは、その子《こ》はどこの子《こ》だか知《し》らないし、そんな子《こ》は見《み》たことがないといいますと、大男《おおおとこ》はすっかり悲《かな》しくなってしまいました。

それからは毎日毎日《まいにちまいにち》、学校《がっこう》がひけると、子《こ》どもたちはやってきて、大男《おおおとこ》と遊《あそ》びました。けれども大男《おおおとこ》の好《す》きなあの子《こ》どもは、とうとう二度《にど》と姿《すがた》を見《み》せませんでした。大男《おおおとこ》はどの子《こ》どもにもたいへん親切《しんせつ》でしたけれど、それでもいちばんはじめお友《とも》だちになった子《こ》どものことはどうしても忘《わす》れられないので、何《なに》かにつけてそのことをいい出《だ》しました。

「おれはほんとうにあの子《こ》にあいたい」

こう大男《おおおとこ》はいいいいしました。

四

それから幾年《いくねん》もたちました。大男《おおおとこ》もだんだん年《とし》をとって、体《からだ》がよわくなりました。もう外《そと》へ出《で》て子《こ》どもたちと遊《あそ》びまわる元気《げんき》がないので、大《おお》きな肘掛《ひじか》け椅子《いす》に腰《こし》をかけたまま、子《こ》どもたちの勝手《かって》に遊《あそ》ぶのをながめ

何《なに》かにつけて…何《なに》かあるたびに、同《おな》じ言動《げんどう》をするようす。何《なに》かといえば。

たり、花園《はなぞの》の景色《けしき》をほめたりしていました。

「おれの花園《はなぞの》にはたくさんのきれいな花《はな》がある。だが子《こ》どもたちは花《はな》の中《なか》でもいちばんきれいな花《はな》だなぁ」

こんなことを、いつもいっていました。

ある冬《ふゆ》の朝《あさ》、大男《おおおとこ》は着物《きもの》を着《き》かえながら、窓《まど》の外《そと》をながめていました。大男《おおおとこ》はもうそんなに冬《ふゆ》をいやがりませんでした。それはただその間《あいだ》春《はる》が眠《ねむ》っていて、それから花《はな》が休《やす》んでいるだけだということがわかったからでした。

ふと、大男《おおおとこ》はふしぎなものを見《み》つけたので目《め》をこすり、よくよくながめました。それこそほんとうにめずらしい見《み》ものでした。花園《はなぞの》の隅《すみ》っこの方《ほう》で、一本《ぽん》の木《き》がいつのまにかいっぱい花《はな》を開《ひら》いていました。その枝《えだ》という枝《えだ》はみんな黄金《おうごん》で、そこから銀《ぎん》の実《み》が重《おも》そうにぶら下《さ》がっていました。そしてその木《き》の下《した》に、いちばん可愛《かわい》がっていたあの子《こ》どもが立《た》っ

見《み》もの…見《み》る価値《かち》があるもの。

ていたのです。

あまりうれしいので、大男《おおおとこ》は夢中《むちゅう》になって梯子段《はしごだん》を下《お》りて、花園《はなぞの》へ出《で》ました。横《よこ》っとびに園《その》を駈《か》けぬけて子《こ》どものそばへ来《き》ました。ところがすぐそばまでくると、大男《おおおとこ》はいきなり顔《かお》を真《ま》っ赤《か》にしておこり出《だ》しました。

「たれがお前《まえ》にこんなひどい傷《きず》をつけたのだ」

ほんとうに子《こ》どものやわらかな掌《てのひら》の上《うえ》には、二本《ほん》の釘《くぎ》の痕《あと》がありました。やわらかな足《あし》の上《うえ》にも二本《ほん》、釘《くぎ》の痕《あと》がありました。

「たれがお前《まえ》にこんな傷《きず》をつけたのだ。おじさんにお話《はな》し。大《おお》きな刀《かたな》で殺《ころ》してやるから」

「いいえそうじゃないの。この傷《きず》は神《かみ》さまの愛《あい》の傷《きず》あとなんだよ」

こう子《こ》どもはいいました。

「お前《まえ》はたれだ」と、大男《おおおとこ》はふしぎそうな顔《かお》をしました。それといっしょ

横《よこ》っとび…体《からだ》をななめにして、大急《おおいそ》ぎで走《はし》ること。横《よこ》とび。

に、なんともいえないおそろしい気《き》がし出《だ》して、大男《おおおとこ》はぺったり子《こ》どもの足元《あしもと》に膝《ひざ》をつきました。

そのとき子《こ》どもは大男《おおおとこ》の顔《かお》を見《み》てにっこりしながらこういいました。

「お前《まえ》はいつかわたしをお前《まえ》の花園《はなぞの》で遊《あそ》ばせてくれたねえ。きょうはわたしといっしょにわたしの花園《はなぞの》へ遊《あそ》びに来《く》るのだよ。その花園《はなぞの》は天国《てんごく》の花園《はなぞの》なんだよ」

それから、その日《ひ》の昼《ひる》すぎ、いつものように子《こ》どもたちが遊《あそ》びにやってくると、大男《おおおとこ》は体《からだ》をすっかり真《ま》っ白《しろ》な花《はな》で包《つつ》まれたまま木《き》の下《した》で死《し》んでいました。

「ぼくはみっともなくてまったくありがたいことだった。犬《いぬ》さえかみつかないんだからねえ」

醜《みにく》い家鴨《あひる》の子《こ》

ハンス・クリスチャン・アンデルセン

（菊池《きくち》　寛《かん》・訳《やく》）

ハンス・クリスチャン・アンデルセン　一八〇五―一八七五

本作《ほんさく》は童話作家《どうわさっか》として有名《ゆうめい》なアンデルセンの代表作《だいひょうさく》の一《ひと》つです。醜《みにく》い家鴨《あひる》の子《こ》が美《うつく》しい白鳥《はくちょう》になるまでの話《はなし》が、貧《まず》しい靴職人《くつしょくにん》の家庭《かてい》に生《う》まれ、世界的《せかいてき》な童話作家《どうわさっか》になった彼《かれ》の半生《はんせい》と重《かさ》なり自《じ》伝的《でんてき》な要素《ようそ》が濃《こ》いといわれています。幼《おさな》い頃《ころ》に読《よ》んだときとは、違《ちが》う印象《いんしょう》を受《う》けるのではないでしょうか。この童話《どうわ》には十九世《せい》紀《き》に生《う》まれたアンデルセンからの大切《たいせつ》なメッセージがふくまれているようです。

それは田舎《いなか》の夏《なつ》のいいお天気《てんき》の日《ひ》のことでした。もう黄金色《こがねいろ》になった小麦《こむぎ》や、まだ青《あお》い燕麦《からすむぎ》や、牧場《ぼくじょう》に積《つ》み上《あ》げられた乾草堆《ほしくさづみ》など、みんなきれいな眺《なが》めに見《み》える日《ひ》でした。こうのとりは長《なが》い赤《あか》い脚《あし》で歩《ある》きまわりながら、母親《ははおや》から教《おそ》わった妙《みょう》な言葉《ことば》でおしゃべりをしていました。

麦畑《むぎばたけ》と牧場《ぼくじょう》とは大《おお》きな森《もり》に囲《かこ》まれ、その真《ま》ん中《なか》が深《ふか》い水《みず》たまりになっています。まったく、こういう田舎《いなか》を散歩《さんぽ》するのは愉快《ゆかい》なことでした。

その中《なか》でもことに日当《ひあ》たりのいい場所《ばしょ》に、川近《かわちか》く、気持《きも》ちのいい古《ふる》い百姓家《ひゃくしょうや》が立《た》っていました。そしてその家《いえ》からずっと水際《みずぎわ》の辺《あた》りまで、大《おお》きな牛蒡《ごぼう》の葉《は》が茂《しげ》っているのです。それは実際《じっさい》ずいぶん丈《たけ》が高《たか》くて、そのいちばん高《たか》いのなどは、下《した》に子《こ》どもがそっくりかくれることができるくらいでした。人気《ひとけ》がまるでなくて、まったく深《ふか》い林《はやし》の中《なか》みたいです。

この工合《ぐあい》のいい隠《かく》れ場《ば》に一羽《わ》の家鴨《あひる》がそのとき巣《す》について卵《たまご》がかえるのを守《まも》っていました。けれども、もうだいぶ時間《じかん》が経《た》っているのに卵《たまご》はい

燕麦《からすむぎ》…イネ科《か》の麦《むぎ》の一種《いっしゅ》。種子《しゅし》は飼料《しりょう》とするほか、オートミールとして食《しょく》用《よう》にしたり、ウイスキーの原料《げんりょう》にもなる。

っこう殻《から》の破《やぶ》れる気配《けはい》もありませんし、たずねてくれる仲間《なかま》もあまりないので、この家鴨《あひる》は、そろそろ退屈《たいくつ》しかけてきました。ほかの家鴨《あひる》たちは、こんな、足《あし》のすべりそうな土堤《どて》をのぼって、牛蒡《ごぼう》の葉《は》の下《した》にすわって、この親家鴨《おやあひる》とおしゃべりするより、川《かわ》で泳《およ》ぎまわる方《ほう》がよっぽどおもしろいのです。

しかし、とうとうやっと一《ひと》つ、殻《から》がさけ、それから続《つづ》いて、ほかのも割《わ》れてきて、めいめいの卵《たまご》から、一羽《わ》ずつ生《い》き物《もの》が出《で》てきました。そして小《ちい》さな頭《あたま》をあげて、

「ピーピー」

と、鳴《な》くのでした。

「グワッ、グワッっておいい」

と、母親《ははおや》が教《おし》えました。するとみんな一生懸命《いっしょうけんめい》、グワッ、グワッと真《ま》似《ね》をして、それから、あたりの青《あお》い大《おお》きな葉《は》を見《み》まわすのでした。

「まあ、世界《せかい》ってずいぶん広《ひろ》いもんだねえ」

と、子家鴨《こあひる》たちは、今《いま》まで卵《たまご》の殻《から》に住《す》んでいたときより、あたりがぐっとひろびろしているのを見《み》ておどろいていいました。すると母親《ははおや》は、

「何《なん》だね、お前《まえ》たちこれだけが全世界《ぜんせかい》だと思《おも》ってるのかい。まあそんなことはあっちのお庭《にわ》を見《み》てからおいいよ。何《なに》しろ牧師《ぼくし》さんの畑《はたけ》の方《ほう》まで続《つづ》いてるってことだからね。だが、わたしだってまだそんな先《さき》の方《ほう》までは行《い》ったことがないがね。では、もうみんなそろったろうね」

と、いいかけて、

「おや！　いちばん大《おお》きいのがまだ割《わ》れないでるよ。まあいったいいつまで待《ま》たせるんだろうねえ、あきあきしちまった」

そういって、それでもまた母親《ははおや》は巣《す》にすわりなおしたのでした。

「こんにちは。お子《こ》さまはどうかね」

そういいながら年《とし》とった家鴨《あひる》がやってきました。

「今《いま》ねえ、あと一《ひと》つの卵《たまご》がまだかえらないんですよ」

と、親家鴨《おやあひる》は答《こた》えました。

「でもまあほかの子《こ》たちを見《み》てやってください。ずいぶんきりょう好《よ》しばかりでしょう？　みんな父親《ちちおや》そっくりじゃありませんか。不親切《ふしんせつ》で、ちっともあたしたちを見《み》に帰《かえ》ってこない父親《ちちおや》ですがね」

するとおばあさん家鴨《あひる》が、

「どれわたしにその割《わ》れない卵《たまご》を見《み》せてごらん。きっとそりゃ七面鳥《しちめんちょう》の卵《たまご》だよ。わたしもいつかたのまれてそんなのをかえしたことがあるけど、出《で》てきた子《こ》たちはみんな、どんなに気《き》をもんで直《なお》そうとしても、どうしても水《みず》をこわがって仕方《しかた》がなかった。あたしゃ、うんとガアガアいってやったけど、からっきし駄目《だめ》！　何《なん》としても水《みず》に入《い》れさせることができないのさ。まあもっとよく見《み》せてさ、うん、うん、こりゃあ間違《まちが》いなし、七面鳥《しちめんちょう》の卵《たまご》だよ。悪《わる》いことはいわないから、そこに放《ほ》ったらかしときな

きりょう好《よ》し…顔立《かおだ》ちが美《うつく》しいこと。

気《き》をもんで…あれこれ心配《しんぱい》して。やきもきして。

からっきし…からきしに同《おな》じ。まったく。全然《ぜんぜん》。まるで。

さい。そいで早《はや》くほかの子《こ》たちに泳《およ》ぎでも教《おし》えた方《ほう》がいいよ」

「でもまあも少《すこ》しの間《あいだ》ここで温《あたた》めていようと思《おも》いますよ」

と、母親《ははおや》はいいました。

「こんなにもう今《いま》まで長《なが》く温《あたた》めたんですから、も少《すこ》し我慢《がまん》するのは何《なん》でもありません」

「そんならご勝手《かって》に」

そういいすてて年寄《としよ》りの家鴨《あひる》は行《い》ってしまいました。

とうとう、そのうち大《おお》きい卵《たまご》が割《わ》れてきました。そして、

「ピーピー」

と鳴《な》きながら、雛鳥《ひなどり》がはい出《だ》してきました。それはばかに大《おお》きくて、ぶきりょうでした。母鳥《ははどり》はじっとその子《こ》を見《み》つめていましたが、突然《とつぜん》、

「まあこの子《こ》の大《おお》きいこと！　そしてほかの子《こ》とちっとも似《に》てないじゃないか！　こりゃあ、ひょっとすると七面鳥《しちめんちょう》かもしれないよ。でも、水《みず》

ぶきりょう…顔《かお》かたちが醜《みにく》いこと。

に入《い》れる段《だん》になりゃ、すぐ見分《みわ》けがつくからかまやしない」

と、独言《ひとりごと》をいいました。

翌《あく》る日《ひ》もいいお天気《てんき》で、お日《ひ》さまが青《あお》い牛蒡《ごぼう》の葉《は》にきらきら射《さ》してきました。そこで母鳥《ははどり》は子《こ》どもたちをぞろぞろ水際《みずぎわ》に連《つ》れてきて、ポシャンととびこみました。そして、グワッ、グワッと鳴《な》いてみせました。すると小《ちい》さい者《もの》たちも真似《まね》して次《つぎ》つぎにとびこむのでした。みんないったん水《みず》の中《なか》に頭《あたま》がかくれましたが、見《み》る間《ま》にまた出《で》てきます。そしていかにもやすやすと脚《あし》の下《した》に水《みず》をかき分《わ》けて、みごとに泳《およ》ぎまわるのでした。そしてあのぶきりょうな子家鴨《こあひる》もみんなといっしょに水《みず》に入《はい》り、いっしょに泳《およ》いでいました。

「ああ、やっぱり七面鳥《しちめんちょう》じゃなかったんだ」

と、母親《ははおや》はいいました。

「まあ何《なん》て上手《じょうず》に脚《あし》を使《つか》うことったら！　それにからだもちゃんとまっ

やすやすと…容易《ようい》に。簡単《かんたん》に。

すぐに立《た》ててるしさ。ありゃ間違《まちが》いなしにあたしの子《こ》さ。よく見《み》りゃ、あれだってまんざら、そうみっともなくないんだ。グワッ、グワッ、さあみんなわたしについておいで。これから偉《えら》い方々《かたがた》のお仲間入《なかまい》りをさせなくちゃ。だからお百姓《ひゃくしょう》さんの裏庭《うらにわ》の方々《かたがた》に紹介《しょうかい》するからね。でもよく気《き》をつけてわたしのそばを離《はな》れちゃいけないよ。踏《ふ》まれるから。それに何《なに》より第《だい》一に猫《ねこ》を用心《ようじん》するんだよ」

さて一同《いちどう》で裏庭《うらにわ》に着《つ》いてみますと、そこでは今《いま》、大騒《おおさわ》ぎの真《ま》っ最中《さいちゅう》です。二《ふた》つの家族《かぞく》で、一《ひと》つの鰻《うなぎ》の頭《あたま》をうばいあっているのです。そして結《けっ》局《きょく》、それは猫《ねこ》にさらわれてしまいました。

「みんなごらん、世間《せけん》はみんなこんなふうなんだよ」

と、母親《ははおや》はいって聞《き》かせました。自分《じぶん》でもその鰻《うなぎ》の頭《あたま》がほしかったと見《み》えて、嘴《くちばし》をすりつけながら、そして、

「さあみんな、脚《あし》に気《き》をつけて。それで、行儀《ぎょうぎ》正《ただ》しくやるんだよ。ほら、

まんざら…かならずしも。それほど。

あっちに見《み》える年《とし》とった家鴨《あひる》さんに上手《じょうず》にお辞儀《じぎ》おし。あの方《かた》はたれより生《う》まれがよくてスペイン種《しゅ》なのさ。だからいい暮《く》らしをしておいでなのだ。ほらね、あの方《かた》は脚《あし》に赤《あか》いきれを結《ゆ》わえつけておいでだろう。ありゃあ家鴨《あひる》にとっちゃあ大《たい》した名誉《めいよ》なんだよ。つまりあの方《かた》を見失《みうしな》わないようにしてみんなが気《き》を配《くば》ってる証拠《しょうこ》なの。さあさ、そんなに趾《あしゆび》を内《うち》側《がわ》に曲《ま》げないで。育《そだ》ちのいい家鴨《あひる》の子《こ》はそのお父《とう》さんやお母《かあ》さんみたいに、ほら、こう足《あし》を広《ひろ》くはなしてひろげるもんなのだ。さ、頸《くび》を曲《ま》げて、グワッっていってごらん」

家鴨《あひる》の子《こ》たちはいわれたとおりにしました。けれどもほかの家鴨《あひる》たちは、じろっとそっちを見《み》て、こういうのでした。

「ふん、また一孵《ひとかえ》り、ほかの組《くみ》がやってきたよ、まるでわたしたちじゃまだ足《た》りないか何《なん》ぞのようにさ！　それにまあ、あの中《なか》の一羽《わ》は何《なん》て妙《みょう》ちきりんな顔《かお》をしてるんだろう。あんなのここに入《い》れてやるもんか」

たれ…だれ（誰《だれ》）の古《ふる》いいい方《かた》。

スペイン種《しゅ》…血筋《ちすじ》がよい。血統書《けっとうしょ》つきの、の意《い》か。

趾《あしゆび》…鳥類特有《ちょうるいとくゆう》のあしのつま先《さき》に該当《がいとう》する部分《ぶぶん》。

そういったと思《おも》うと、突然《とつぜん》一羽《わ》とび出《だ》してきて、それの頸《くび》のところをかんだのでした。

「何《なに》をなさるんです」

と、母親《ははおや》はどなりました。

「これは何《なん》にも悪《わる》いことをした覚《おぼ》えなんかないじゃありませんか」

「そうさ。だけどあんまり図体《ずうたい》が大《おお》きすぎて、みっともない面《つら》してるからよ」

と、意地悪《いじわる》の家鴨《あひる》がいい返《かえ》すのでした。

「だから追《お》い出《だ》しちまわなきゃ」

するとそばから、例《れい》の赤《あか》いきれを脚《あし》につけている年寄《としよ》り家鴨《あひる》が、

「ほかの子《こ》どもさんはずいぶんみんなきりょう好《よ》しだねえ、あの一羽《わ》のほかは、みんなね。お母《かあ》さんがあれだけ、もう少《すこ》しどうにかよくしたらよさそうなもんだのに」

妙《みょう》ちきりん…妙《みょう》ちくりんに同《おな》じ。普通《ふつう》とちがって大変変《たいへんか》わっていること。
図体《ずうたい》…からだつき。多《おお》くは体《からだ》の大《おお》きさを強調《きょうちょう》する表現《ひょうげん》として用《もち》いられる。

と、口《くち》を出《だ》しました。

「それはとてもおよびませぬことで、奥方《おくがた》さま」

と、母親《ははおや》は答《こた》えました。

「あれはまったくのところ、きりょう好《よ》しではございませぬ。しかしまことによい性質《せいしつ》をもっておりますし、泳《およ》ぎをさせますと、ほかの子《こ》たちくらい、——いやそれよりずっと上手《じょうず》にいたします。わたしの考《かんが》えますところではあれも日《ひ》が経《た》ちますにつれて、美《うつく》しくなりたぶんからだも小《ちい》さくなることでございましょう。あれは卵《たまご》のうちにあまり長《なが》く入《はい》っておりましたせいで、からだつきが普通《なみ》にでき上《あ》がらなかったのでございます」

そういって母親《ははおや》は子家鴨《こあひる》の頸《くび》をなで、羽《はね》をなめらかに平《たい》らにしてやりました。そして、

「何《なに》しろこりゃ男《おとこ》だもの、きりょうなんか大《たい》したことじゃないさ。今《いま》に

普通《なみ》に…ごく一般的《いっぱんてき》に。

強《つよ》くなって、しっかり自分《じぶん》の身《み》をまもるようになる」

こんなふうにつぶやいてもみるのでした。

「実際《じっさい》、ほかの子《こ》ども衆《しゅう》はりっぱだよ」

と、例《れい》の身分《みぶん》のいい家鴨《あひる》はもう一度《いちど》くり返《かえ》して、

「まずまず、お前《まえ》さん方《がた》もっとからだをらくになさい。そしてね、鰻《うなぎ》の頭《あたま》を見《み》つけたら、わたしのところにもってきておくれ」

と、つけ足《た》したものです。

そこでみんなはくつろいで、気《き》の向《む》いたようにふるまいました。けれども、あのいちばんおしまいに殻《から》から出《で》た、そしてぶきりょうな顔《かお》つきの子家鴨《こあひる》は、ほかの家鴨《あひる》やら、その他《た》そこに飼《か》われている鳥《とり》たちみんなからまで、かみつかれたり、つきのめされたり、いろいろからかわれたのでした。そしてこんなありさまはそれから毎日続《まいにちつづ》いたばかりでなく、日《ひ》にましそれがひどくなるのでした。兄弟《きょうだい》までこの哀《あわ》れな子家鴨《こあひる》に無慈《むじ》

子《こ》ども衆《しゅう》…子《こ》どもたち。　**つきのめされたり**…うしろからついて、前《まえ》へ倒《たお》されたり。　**日《ひ》にまし**…日数《にっすう》がたつにつれて。日《ひ》ましに。
無慈悲《むじひ》…やさしさや思《おも》いやりのないこと。

悲《ひ》に辛《つら》く当《あ》たって、

「ほんとにみっともないやつ、猫《ねこ》にでもとっつかまった方《ほう》がいいや」

などと、いつも悪体《あくたい》をつくのです。母親《ははおや》さえ、しまいには、ああこんな子《こ》なら生《う》まれない方《ほう》がよっぽど幸《しあわ》せだったと思《おも》うようになりました。仲間《なかま》の家鴨《あひる》からはつかれ、鶏《ひよ》っ子《こ》からは羽《はね》でぶたれ、裏庭《うらにわ》の鳥《とり》たちに食《た》べ物《もの》をもってくる娘《むすめ》からは足《あし》でけられるのです。

たまりかねてその子家鴨《こあひる》は自分《じぶん》の棲《す》み家《か》をとび出《だ》してしまいました。その途中《とちゅう》、柵《さく》を越《こ》えるとき、垣《かき》のうちにいた小鳥《ことり》がびっくりして飛《と》び立《た》ったものですから、

「ああみんなはぼくの顔《かお》があんまり変《へん》なもんだから、それでぼくをこわがったんだな」

と、思《おも》いました。それで彼《かれ》は目《め》をつぶって、なおも遠《とお》く飛《と》んでいきますと、そのうち広《ひろ》い広《ひろ》い沢地《たくち》の上《うえ》に来《き》ました。見《み》るとたくさんの野鴨《のがも》が

悪体《あくたい》…悪口《わるくち》。にくまれ口《ぐち》。通常《つうじょう》は「悪態《あくたい》」と書《か》く。

たまりかねて…これ以上我慢《いじょうがまん》ができなくなって。辛抱《しんぼう》できなくなって。

沢地《たくち》…湿地《しっち》のこと。水《みず》が浅《あさ》くたまり、葦《あし》などの生《は》えている土地《とち》。

住《す》んでいます。子家鴨《こあひる》は疲《つか》れと悲《かな》しみになやまされながらここで一晩《ひとばん》を明《あ》かしました。

朝《あさ》になって野鴨《のがも》たちは起《お》きてみますと、見《み》しらない者《もの》が来《き》ているので目《め》をみはりました。

「いったい君《きみ》はどういう種類《しゅるい》の鴨《かも》なのかね」

そういって子家鴨《こあひる》の周《まわ》りに集《あつ》まってきました。子家鴨《こあひる》はみんなに頭《あたま》を下《さ》げ、できるだけうやうやしいようすをしてみせましたが、そうたずねられたことに対《たい》しては返答《へんとう》ができませんでした。野鴨《のがも》たちは彼《かれ》に向《む》かって、

「君《きみ》はずいぶんみっともない顔《かお》をしてるんだねえ」

と、いい、

「だがね、君《きみ》がぼくたちの仲間《なかま》の娘《むすめ》をお嫁《よめ》にくれっていいさえしなけりゃ、まあ君《きみ》の顔《かお》つきくらいどんなだって、こっちはかまわないよ」

と、つけ足《た》しました。

可哀《かわい》そうに！　この子家鴨《こあひる》がどうしてお嫁《よめ》さんをもらうことなど考《かんが》えていたでしょう。彼《かれ》はただ、蒲《がま》の中《なか》に寝《ね》て、沢地《たくち》の水《みず》を飲《の》むのを許《ゆる》されればたくさんだったのです。こうして二日《ふつか》ばかりこの沢地《たくち》で暮《く》らしていますと、そこに二羽《わ》の雁《がん》がやってきました。それはまだ卵《たまご》から出《で》ていくらも日《ひ》のたたない子雁《こがん》で、たいそうこましゃくれ者《もの》でしたが、その一方《いっぽう》が子家鴨《こあひる》に向《む》かっていうのに、

「君《きみ》、ちょっとききたまえ。君《きみ》はずいぶんみっともないね。だからぼくたちは君《きみ》が気《き》に入《い》っちまったよ。君《きみ》もぼくたちといっしょに渡《わた》り鳥《どり》にならないかい。ここからそう遠《とお》くないところにまだほかの沢地《たくち》があるがね、そこにゃまだ嫁《かたづ》かない雁《がん》の娘《むすめ》がいるから、君《きみ》もお嫁《よめ》さんをもらうといいや。君《きみ》はみっともないけど、運《うん》はいいかもしれないよ」

そんなおしゃべりをしていますと、突然空中《とつぜんくうちゅう》でポンポンと音《おと》がして、

蒲《がま》…池《いけ》や沼《ぬま》などの湿地《しっち》に生《は》える、高《たか》さ1～2メートルのガマ科《か》の多年草《たねんそう》。

こましゃくれ者《もの》…子《こ》どもなのに大人《おとな》びていて、なまいきな者《もの》。

嫁《かたづ》かない…娘《むすめ》がお嫁《よめ》にいかないこと。

二羽《わ》の雁《がん》は傷《きず》ついて水草《みずくさ》の間《あいだ》に落《お》ちて死《し》に、あたりの水《みず》は血《ち》で赤《あか》く染《そ》まりました。

ポンポン、その音《おと》は遠《とお》くで涯《はて》しなくこだまして、たくさんの雁《がん》の群《む》れはいっせいに蒲《がま》の中《なか》から飛《と》び立《た》ちました。音《おと》はなおも四方八方《しほうはっぽう》から絶《た》え間《ま》なしに響《ひび》いてきます。猟人《かりゅうど》がこの沢地《たくち》をとり囲《かこ》んだのです。中《なか》には木《き》の枝《えだ》に腰《こし》かけて、上《うえ》から水草《みずくさ》をのぞくのもありました。猟銃《りょうじゅう》から出《で》る青《あお》い煙《けむり》は、暗《くら》い木《き》の上《うえ》を雲《くも》のように立《た》ちのぼりました。そしてそれが水上《すいじょう》を渡《わた》って向《む》こうへ消《き》えたと思《おも》うと、幾匹《いくひき》かの猟犬《りょうけん》が水草《みずくさ》の中《なか》にとびこんできて、草《くさ》を踏《ふ》み折《お》り踏《ふ》み折《お》り進《すす》んでいきました。可哀《かわい》そうな子家鴨《こあひる》がどれだけびっくりしたか！　彼《かれ》が羽《はね》の下《した》に頭《あたま》をかくそうとしたとき、一匹《ぴき》の大《おお》きな、おそろしい犬《いぬ》がすぐそばを通《とお》りました。その顎《あご》を大《おお》きく開《ひら》き、舌《した》をだらりと出《だ》し、目《め》はきらきら光《ひか》らせているのです。そして鋭《するど》い歯《は》をむき出《だ》しながら子家鴨《こあひる》のそばに鼻《はな》をつっこんでみたあげく、それでも彼《かれ》には触《さわ》らずにどぶんと水《みず》の中《なか》にとびこんでしまいました。

「やれやれ」

と、子家鴨《こあひる》は吐息《といき》をついて、

「ぼくはみっともなくてまったくありがたいことだった。犬《いぬ》さえかみつかないいんだからねえ」

と、思《おも》いました。そしてまだじっとしていますと、猟《りょう》はなおもその頭《あたま》の上《うえ》ではげしく続《つづ》いて、銃《じゅう》の音《おと》が水草《みずくさ》を通《とお》して響《ひび》きわたるのでした。あたりがすっかり静《しず》まりきったのは、もうその日《ひ》もだいぶん晩《おそ》くなってからでしたが、そうなってもまだ哀《あわ》れな子家鴨《こあひる》は動《うご》こうとしませんでした。何時間《なんじかん》かじっとすわって様子《ようす》を見《み》ていましたが、それからあたりをていねいにもう一遍《いっぺん》見《み》まわしたのちやっと立《た》ち上《あ》がって、今度《こんど》は非常《ひじょう》な速《はや》さで逃《に》げ出《だ》しました。畑《はたけ》を越《こ》え、牧場《ぼくじょう》を越《こ》えて走《はし》っていくうち、あたりは暴風雨《あらし》になってきて、子家鴨《こあひる》の力《ちから》では、しのいでいけそうもない様子《ようす》に

だいぶん…だいぶのやや古《ふる》いいい方《かた》。
しのいでいけそうもない…苦難《くなん》をのりこえていけそうもない。
みすぼらしい…外見《がいけん》がひじょうに粗末《そまつ》で貧弱《ひんじゃく》であること。

なりました。やがて日暮《ひぐ》れ方《がた》彼《かれ》はみすぼらしい小屋《こや》の前《まえ》に来《き》ましたが、それは今《いま》にも倒《たお》れそうで、ただ、どっち側《がわ》に倒《たお》れようかとまよっているためにばかりまだ倒《たお》れずに立《た》っているような家《いえ》でした。暴風雨《あらし》はますますつのる一方《いっぽう》で、子家鴨《こあひる》にはもう一足《ひとあし》も行《い》けそうもなくなりました。そこで彼《かれ》は小屋《こや》の前《まえ》にすわりましたが、見《み》ると、戸《と》の蝶番《ちょうつがい》が一《ひと》つなくなっていて、そのために戸《と》がきっちりしまっていません。下《した》の方《ほう》でちょうど子家鴨《こあひる》が身《み》をすべりこませられるくらい透《す》いでいるので、子家鴨《こあひる》は静《しず》かにそこからしのび入《い》り、その晩《ばん》はそこで暴風雨《あらし》をさけることにしました。

この小屋《こや》には、一人《ひとり》の女《おんな》と、一匹《ぴき》の牡猫《おねこ》と、一羽《わ》の牝鶏《めんどり》とが住《す》んでいるのでした。猫《ねこ》はこの女《おんな》ご主人《しゅじん》から、

「悴《せがれ》や」

と、呼《よ》ばれ、大《だい》のごひいき者《もの》でした。それは背中《せなか》をぐいと高《たか》くしたり、

一足《ひとあし》も行《い》けそうもなくなりました…一歩《いっぽ》も前《まえ》に進《すす》めなくなりました。
透《す》いでいる…わずかなすき間《ま》があいている。
ごひいき者《もの》…特別《とくべつ》に目《め》をかけ、かわいがっている者《もの》。

喉《のど》をごろごろ鳴《な》らしたり逆《ぎゃく》になでられると毛《け》から火《ひ》の子《こ》を出《だ》すことまでできました。牝鶏《めんどり》はというと、足《あし》がばかに短《みじか》いので、

「ちんちくりん」

と、いう綽名《あだな》をもらっていましたが、いい卵《たまご》を生《う》むので、これも女《おんな》ご主人《しゅじん》から娘《むすめ》のように可愛《かわい》がられているのでした。

さて朝《あさ》になって、ゆうべ入《はい》ってきた妙《みょう》な訪問者《ほうもんしゃ》はすぐ猫《ねこ》たちに見《み》つけられてしまいました。猫《ねこ》はごろごろ喉《のど》を鳴《な》らし、牝鶏《めんどり》はクックッ鳴《な》きたてはじめました。

「何《なん》だねえ、その騒《さわ》ぎは」

と、おばあさんは部屋中見《へやじゅうみ》まわしていいましたが、目《め》がぼんやりしているものですから、子家鴨《こあひる》に気《き》がついたとき、それを、どこかの家《いえ》からまよってきた、よくふとった家鴨《あひる》だと思《おも》ってしまいました。

「いいものが来《き》たぞ」

と、おばあさんはいいました。

「牡家鴨《おあひる》でさえなけりゃいいんだがねえ、そうすりゃ家鴨《あひる》の卵《たまご》が手《て》に入《はい》るというもんだ。まあ様子《ようす》を見《み》てやろう」

そこで子家鴨《こあひる》はためしに三週間《しゅうかん》ばかりそこに住《す》むことを許《ゆる》されましたが、卵《たまご》なんか一《ひと》つだって、生《う》まれるわけはありませんでした。

この家《うち》では猫《ねこ》が主人《しゅじん》のようにふるまい、牝鶏《めんどり》が主人《しゅじん》のようにいばっています。そして何《なに》かというと、

「われわれこの世界《せかい》」

と、いうのでした。それは自分《じぶん》たちが世界《せかい》の半分《はんぶん》ずつだと思《おも》っているからなのです。ある日牝鶏《ひめんどり》は子家鴨《こあひる》に向《む》かって、

「お前《まえ》さん、卵《たまご》が生《う》めるかね」

と、たずねました。

「いいえ」

「それじゃ何《なん》にも口出《くちだ》しなんかする資格《しかく》はないねえ」

牝鶏《めんどり》はそういうのでした。今度《こんど》は猫《ねこ》の方《ほう》が、

「お前《まえ》さん、背中《せなか》を高《たか》くしたり、喉《のど》をごろつかせたり、火《ひ》の子《こ》を出《だ》したりできるかい」

と、ききます。

「いいえ」

「それじゃわれわれ偉《えら》い方々《かたがた》が何《なに》かものをいうときでも意見《いけん》を出《だ》しちゃいけないいぜ」

こんなふうにいわれて子家鴨《こあひる》はひとりで滅入《めい》りながら部屋《へや》の隅《すみ》っこに小《ちい》さくなっていました。そのうち、温《あたた》かい日《ひ》の光《ひかり》や、そよ風《かぜ》が戸《と》の隙間《すきま》から毎日入《まいにちはい》るようになり、そうなると、子家鴨《こあひる》はもう水《みず》の上《うえ》を泳《およ》ぎたくて泳《およ》ぎたくてたまらない気持《きも》ちがわき出《だ》してきて、とうとう牝鶏《めんどり》にうちあけてしまいました。すると、

滅入《めい》りながら…元気《げんき》がなくなり、気分《きぶん》が沈《しず》みながら。

「ばかなことおいいでないよ」

と、牝鶏《めんどり》は一口《ひとくち》にけなしつけるのでした。

「お前《まえ》さん、ほかにすることがないもんだから、ばかげた空想《くうそう》ばっかしするようになるのさ。もし、喉《のど》を鳴《な》らしたり、卵《たまご》を生《う》んだりできれば、そんな考《かんが》えはすぐ通《とお》りすぎちまうんだがね」

「でも水《みず》の上《うえ》を泳《およ》ぎまわるの、実際愉快《じっさいゆかい》なんですよ」

と、子家鴨《こあひる》はいいかえしました。

「まあ水《みず》の中《なか》にくぐってごらんなさい、頭《あたま》の上《うえ》に水《みず》が当《あ》たる気持《きも》ちのよさったら！」

「気持《きも》ちがいいだって！　まあお前《まえ》さん気《き》でもちがったのかい、たれよりも賢《かしこ》いここの猫《ねこ》さんにでも、女《おんな》ご主人《しゅじん》にでもきいてごらんよ、水《みず》の中《なか》を泳《およ》いだり、頭《あたま》の上《うえ》を水《みず》が通《とお》るのがいい気持《きも》ちだなんておっしゃるかどうか」


一口《ひとくち》に…かいつまんで簡潔《かんけつ》に。

牝鶏《めんどり》は躍気《やっき》になってそういうのでした。子家鴨《こあひる》は、

「あなたにゃぼくの気持《きも》ちがわからないんだ」

と、答《こた》えました。

「わからないだって？　まあ、そんなばかげたことは考《かんが》えない方《ほう》がいいよ。お前《まえ》さんここにいれば、温《あたた》かい部屋《へや》はあるし、わたしたちからはいろんなことがならえるというもの。わたしはお前《まえ》さんのためを思《おも》ってそういってあげるんだがね。とにかく、まあできるだけ速《はや》く卵《たまご》を生《う》むことや、喉《のど》を鳴《な》らすことを覚《おぼ》えるようにおし」

「いや、ぼくはもうどうしてもまたほかの世界《せかい》に出《で》なくちゃいられない」

「そんなら勝手《かって》にするがいいよ」

そこで子家鴨《こあひる》は小屋《こや》を出《で》ていきました。そしてまもなく、泳《およ》いだり、潜《くぐ》ったりできるような水《みず》の辺《あた》りに来《き》ましたが、その醜《みにく》い顔容《かおかたち》のために相《あい》変《か》わらず、ほかの者《もの》たちからじゃまにされ、はねつけられてしまいまし

躍気《やっき》…あせってむきになること。通常《つうじょう》は「躍起《やっき》」と書《か》く。
顔容《かおかたち》…外見《がいけん》。容貌《ようぼう》。
じゃまにされ…さまたげになるので、相手《あいて》にされず。

た。そのうち秋《あき》が来《き》て、森《もり》の木《き》の葉《は》はオレンジ色《いろ》や黄金色《おうごんいろ》に変《か》わってきました。そして、だんだん冬《ふゆ》が近《ちか》づいて、それが散《ち》ると、寒《さむ》い風《かぜ》がその落葉《おちば》をつかまえて冷《つめ》たい空中《くうちゅう》にまき上《あ》げるのでした。霰《あられ》や雪《ゆき》をもよおす雲《くも》は空《そら》に低《ひく》くかかり、大烏《おおがらす》は羊歯《しだ》の上《うえ》に立《た》って、

「カオカオ」

と、鳴《な》いています。それは、一目見《ひとめみ》るだけで寒《さむ》さに震《ふる》え上《あ》がってしまいそうな様子《ようす》でした。目《め》に入《はい》るものみんな、何《なに》もかも、子家鴨《こあひる》にとっては悲《かな》しい思《おも》いをますばかりです。

ある夕方《ゆうがた》のことでした。ちょうどお日《ひ》さまが今《いま》、きらきらする雲《くも》の間《あいだ》にかくれたのち、水草《みずくさ》の中《なか》から、それはそれはきれいな鳥《とり》のたくさんの群《む》れが飛《と》び立《た》ってきました。子家鴨《こあひる》は今《いま》までにそんな鳥《とり》をまったく見《み》たことがありませんでした。それは白鳥《はくちょう》という鳥《とり》で、みんなまばゆいほど白《しろ》く羽《はね》をかがやかせながら、その恰好《かっこう》のいい首《くび》を曲《ま》げたりしています。

そして彼《かれ》らは、そのりっぱな翼《つばさ》を張《は》りひろげて、この寒《さむ》い国《くに》からもっと暖《あたた》かい国《くに》へと海《うみ》を渡《わた》って飛《と》んでいくときは、みんな不思議《ふしぎ》な声《こえ》で鳴《な》くのでした。子家鴨《こあひる》はみんなが連《つ》れだって、空高《そらたか》くだんだんとのぼっていくのを一心《いっしん》に見《み》ているうち、奇妙《きみょう》な心持《こころも》ちで胸《むね》がいっぱいになってきました。それは思《おも》わず自分《じぶん》の身《み》を車《くるま》か何《なん》ぞのように水《みず》の中《なか》に投《な》げかけ、飛《と》んでいくみんなの方《ほう》に向《む》かって首《くび》をさしのべ、大《おお》きな声《こえ》でさけびますと、それはわれながらびっくりしたほど奇妙《きみょう》な声《こえ》が出《で》たのでした。ああ子家鴨《こあひる》にとって、どうしてこんなに美《うつく》しく、仕合《しあ》わせらしい鳥《とり》のことが忘《わす》れることができたでしょう！　こうしてとうとうみんなの姿《すがた》がまったく見《み》えなくなると、子家鴨《こあひる》は水《みず》の中《なか》にぽっくりくぐりこみました。そしてまたふたたび浮《う》き上《あ》がってきましたが、今《いま》はもう、さっきの鳥《とり》の不思議《ふしぎ》な気《き》持《も》ちにすっかりとらわれて、われを忘《わす》れるくらいです。それは、さっきの鳥《とり》の名《な》も知《し》らなければ、どこへ飛《と》んでいったのかも知《し》りませんでした

くぐりこみ…もぐりこみ。
われを忘《わす》れる…あることに心《こころ》を奪《うば》われ、呆然自失《ぼうぜんじしつ》の状態《じょうたい》になること。

けれど、生《う》まれてから今《いま》までに会《あ》ったどの鳥《とり》に対《たい》しても感《かん》じたことのない気持《きも》ちを感《かん》じさせられたのでした。子家鴨《こあひる》はあのきれいな鳥《とり》たちを嫉《ねた》ましく思《おも》ったのではありませんでしたけれども、自分《じぶん》もあんなに可愛《かわい》らしかったらなあとは、しきりに考《かんが》えました。可哀《かわい》そうにこの子家鴨《こあひる》だって、もとの家鴨《あひる》たちが少《すこ》し元気《げんき》をつけるようにしてさえくれれば、どんなに喜《よろこ》んでみんなといっしょに暮《く》らしたでしょうに！

さて、寒《さむ》さは日々《ひび》にひどくなってきました。子家鴨《こあひる》は水《みず》が凍《こお》ってしまわないようにと、しょっちゅう、その上《うえ》を泳《およ》ぎまわっていなければなりませんでした。けれども夜《よ》ごと夜《よ》ごとに、それが泳《およ》げる場所《ばしょ》はせまくなる一方《いっぽう》でした。そして、とうとうそれは固《かた》く固《かた》く凍《こお》ってきて、子家鴨《こあひる》が動《うご》くと水《みず》の中《なか》の氷《こおり》がめりめり割《わ》れるようになったので、子家鴨《こあひる》は、すっかりその場所《ばしょ》が氷《こおり》で、閉《と》ざされてしまわないよう力《ちから》かぎり脚《あし》で水《みず》をばちゃばちゃかいていなければなりませんでした。そのうちしかしもうまっ

日々《ひび》に…日《ひ》に日《ひ》に。

たく疲《つか》れきってしまい、どうすることもできずにぐったりと水《みず》の中《なか》で凍《こご》えてきました。

が、翌朝早《よくあさはや》く、一人《ひとり》の百姓《ひゃくしょう》がそこを通《とお》りかかって、このことを見《み》つけたのでした。彼《かれ》ははいていた木靴《きぐつ》で氷《こおり》を割《わ》り、子家鴨《こあひる》を連《つ》れて、妻《つま》のところに帰《かえ》ってきました。温《あたた》まってくるとこの可哀《かわい》そうな生《い》き物《もの》は息《いき》を吹《ふ》きかえしてきました。けれども子《こ》どもたちがそれといっしょに遊《あそ》ぼうとしかけると、子家鴨《こあひる》は、みんながまた何《なに》か自分《じぶん》にいたずらをするのだと思《おも》いこんで、びっくりしてとび立《た》って、ミルクの入《はい》っていたお鍋《なべ》にとびこんでしまいました。それであたりはミルクだらけという始末《しまつ》。おかみさんが思《おも》わず手《て》をたたくと、それはなおびっくりして、今度《こんど》はバタの桶《おけ》やら粉桶《こなおけ》やらに脚《あし》をつっこんで、またはい出《だ》しました。さあたいへんな騒《さわ》ぎです。おかみさんはきいきいいって、火箸《ひばし》でぶとうとするし、子《こ》どもたちもわいわいはしゃいで、つかまえようとするはずみにおたがいに

木靴《きぐつ》…木《き》をくりぬいてつくった靴《くつ》。浅沓《あさぐつ》、サボなど。

バタ…バターに同《おな》じ。

火箸《ひばし》…炭火《すみび》などをはさむのに使《つか》う金属製《きんぞくせい》の箸《はし》。

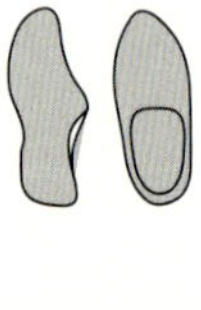

ぶつかって転《ころ》んだりしてしまいました。けれども幸《さいわ》いに子家鴨《こあひる》はうまく逃《に》げおおせました。開《ひら》いていた戸《と》の間《あいだ》から出《で》て、やっと叢《くさむら》の中《なか》までたどりついたのです。そして新《あら》たに降《ふ》り積《つ》もった雪《ゆき》の上《うえ》にまったく疲《つか》れた身《み》を横《よこ》たえたのでした。

この子家鴨《こあひる》が苦《くる》しい冬《ふゆ》の間《あいだ》に出《で》あったさまざまな難儀《なんぎ》をすっかりお話《はな》しした日《ひ》には、それはずいぶん悲《かな》しい物語《ものがたり》になるでしょう。が、その冬《ふゆ》が過《す》ぎ去《さ》ってしまったとき、ある朝《あさ》、子家鴨《こあひる》は自分《じぶん》が沢地《たくち》の蒲《がま》の中《なか》に倒《たお》れているのに気《き》がついたのでした。それは、お日《ひ》さまが温《あたた》かく照《て》っているのを見《み》たり、雲雀《ひばり》の歌《うた》を聞《き》いたりして、もうあたりがすっかりきれいな春《はる》になっているのを知《し》りました。するとこの若《わか》い鳥《とり》は翼《つばさ》で横腹《よこばら》をうってみましたが、それはまったくしっかりしていて、彼《かれ》は空高《そらたか》くのぼりはじめました。そしてこの翼《つばさ》はどんどん彼《かれ》を前《まえ》へ前《まえ》へと進《すす》めてくれます。で、とうとう、まだ彼《かれ》が無我夢中《むがむちゅう》でいる間《あいだ》に大《おお》きな庭《にわ》の中《なか》に来《き》てしまい

難儀《なんぎ》…困難《こんなん》や苦労《くろう》。

ました。林檎《りんご》の木《き》は今《いま》いっぱいの花《はな》ざかり、かぐわしい接骨木《にわとこ》はビロードのような芝生《しばふ》の周《まわ》りを流《なが》れる小川《おがわ》の上《うえ》にその長《なが》い緑《みどり》の枝《えだ》を垂《た》れています。何《なに》もかも、春《はる》のはじめのみずみずしい色《いろ》できれいな眺《なが》めです。このとき、近《ちか》くの水草《みずくさ》の茂《しげ》みから三羽《わ》の美《うつく》しい白鳥《はくちょう》が、羽《はね》をそよがせながら、なめらかな水《みず》の上《うえ》を軽《かる》く泳《およ》いであらわれてきたのでした。子家鴨《こあひる》はいつかのあの可愛《かわい》らしい鳥《とり》を思《おも》い出《だ》しました。そしていつかの日《ひ》よりももっと悲《かな》しい気持《きも》ちになってしまいました。

「いっそぼく、あのりっぱな鳥《とり》んとこに飛《と》んでってやろうや」

と、彼《かれ》はさけびました。

「そうすりゃあいつらは、ぼくがこんなにみっともないくせして自分《じぶん》たちのそばに来《く》るなんて失敬《しっけい》だってぼくを殺《ころ》すにちがいない。だけど、その方《ほう》がいいんだ。家鴨《あひる》の嘴《くちばし》でつつかれたり、牝鶏《めんどり》の羽《はね》でぶたれたり、鳥《とり》番《ばん》の女《おんな》の子《こ》に追《お》いかけられるなんかより、どんなにいいかしれやしない」

接骨木《にわとこ》…スイカズラ科《か》の落葉低木《らくようていぼく》で、庭木《にわき》などに用《もち》いられる。春《はる》、白《しろ》い小《こ》花《ばな》を円錐状《えんすいじょう》につける。

ビロード…布《ぬの》の片面《かためん》に羽毛《うもう》を立《た》てたなめらかで光沢《こうたく》のある織物《おりもの》。

こう思《おも》ったのです。そこで、子家鴨《こあひる》は急《きゅう》に水面《すいめん》に飛《と》び下《お》り、美《うつく》しい白《はく》鳥《ちょう》の方《ほう》に、泳《およ》いでいきました。すると、向《む》こうでは、この新《あたら》しくやってきた者《もの》をちらっと見《み》ると、すぐ翼《つばさ》をひろげて急《いそ》いで近《ちか》づいてきました。

「さあ殺《ころ》してくれ」

と、可哀《かわい》そうな鳥《とり》はいって頭《あたま》を水《みず》の上《うえ》に垂《た》れ、じっと殺《ころ》されるのを待《ま》ちかまえました。

が、そのとき、鳥《とり》が自分《じぶん》のすぐ下《した》に澄《す》んでいる水《みず》の中《なか》に見《み》つけたものは何《なん》でしたろう。それこそ自分《じぶん》の姿《すがた》ではありませんか。けれどもそれがどうでしょう、もう決《けっ》して今《いま》はあのくすぶった灰色《はいいろ》の、見《み》るのもいやになるような前《まえ》の姿《すがた》ではないのです。いかにも上品《じょうひん》で美《うつく》しい白鳥《はくちょう》なのです。百姓家《ひゃくしょうや》の裏庭《うらにわ》で、家鴨《あひる》の巣《す》の中《なか》に生《う》まれようとも、それが白鳥《はくちょう》の卵《たまご》から孵《かえ》る以上《いじょう》、鳥《とり》の生《う》まれつきには何《なん》のかかわりもないのでした。で、その白鳥《はくちょう》は、今《いま》となってみると、今《いま》まで悲《かな》しみや苦《くる》しみにさんざん出《で》あった

失敬《しっけい》…人《ひと》に対《たい》して、失礼《しつれい》なふるまいをすること。

しれやしない…わかりはしない。

ことが喜《よろこ》ばしいことだったという気持《きも》ちにもなるのでした。そのためにかえって今自分《いまじぶん》をとり囲《かこ》んでいる幸福《こうふく》を人一倍楽《ひといちばいたの》しむことができるからです。ごらんなさい。今《いま》、この新《あたら》しく入《はい》ってきた仲間《なかま》を歓迎《かんげい》するしるしに、りっぱな白鳥《はくちょう》たちがみんなよって、めいめいの嘴《くちばし》でその頸《くび》をなでているではありませんか。

幾人《いくにん》かの子《こ》どもがお庭《にわ》に入《はい》ってきました。そして水《みず》にパンやお菓子《かし》を投《な》げ入《い》れました。

「やっ!」

と、いちばん小《ちい》さい子《こ》が突然大声《とつぜんおおごえ》を出《だ》しました。そして、

「新《あたら》しく、ちがったのが来《き》てるぜ」

そう教《おし》えたものですから、みんなは大喜《おおよろこ》びで、お父《とう》さんやお母《かあ》さんのところへ、雀躍《こおど》りしながら駆《か》けていきました。

「ちがった白鳥《はくちょう》がいまーす、新《あたら》しいのが来《き》たんでーす」

ちがったの…これまでのものとは異質《いしつ》の。

雀躍《こおど》り…踊《おど》り上《あ》がらんばかりに喜《よろこ》ぶこと。

一等《いっとう》きれい…いちばん美《うつく》しい。

口々《くちぐち》にそんなことをさけんで。それからみんなもっとたくさんのパンやお菓子《かし》をもらってきて、水《みず》に投《な》げ入《い》れました。そして、

「新《あたら》しいのが一等《いっとう》きれいだね、若《わか》くてほんとにいいね」

と、賞《ほ》めそやすのでした。それで年《とし》の大《おお》きい白鳥《はくちょう》たちまで、この新《あたら》しい仲間《なかま》の前《まえ》でお辞儀《じぎ》をしました。若《わか》い白鳥《はくちょう》はもうまったく気《き》まりが悪《わる》くなって、翼《つばさ》の下《した》に頭《あたま》をかくしてしまいました。彼《かれ》にはいったいどうしていいのかわからなかったのです。ただ、こう幸福《こうふく》な気持《きも》ちでいっぱいで、けれども、高慢《こうまん》な心《こころ》などは塵《ちり》ほども起《お》こしませんでした。

みっともないという理由《りゆう》で馬鹿《ばか》にされた彼《かれ》、それが今《いま》はどの鳥《とり》よりも美《うつく》しいといわれているのではありませんか。接骨木《にわとこ》までが、その枝《えだ》をこの新《あたら》しい白鳥《はくちょう》の方《ほう》に垂《た》らし、頭《あたま》の上《うえ》ではお日《ひ》さまがかがやかしく照《て》りわたっています。新《あたら》しい白鳥《はくちょう》は羽《はね》をさらさら鳴《な》らし、ほっそりした頸《くび》を曲《ま》げて、心《こころ》の底《そこ》から、

賞《ほ》めそやす…しきりにほめる。ほめたてる。
高慢《こうまん》…自分《じぶん》が優《すぐ》れていると思《おも》い、他《た》をあなどること。うぬぼれ。
塵《ちり》ほども…ほんの少《すこ》しも。まったく。

「ああぼくはあのみっともない家鴨《あひる》だったとき、実際《じっさい》こんな仕合《しあ》わせなんか夢《ゆめ》にも思《おも》わなかったなあ」

と、さけぶのでした。

いったい、警官《けいかん》は
おれを絶対的《ぜったいてき》に捕《とら》えないつもりなのか。

巡査《じゅんさ》と讃美歌《さんびか》

オー・ヘンリー
(佐久間原《さくまげん》・訳《やく》)

オー・ヘンリー　一八六二―一九一〇

作者《さくしゃ》のオー・ヘンリーは一九〇一年《ねん》に出獄《しゅつごく》すると、大都会《だいとかい》ニューヨークへ移《うつ》り住《す》みました。本作《ほんさく》はそのニューヨークの街《まち》が舞台《ぶたい》になっています。晩秋《ばんしゅう》を迎《むか》え、宿無《やどな》しの主人公《しゅじんこう》ソーピーは、避寒地《ひかんち》である「島《しま》」に行《い》って暮《く》らすことを望《のぞ》み、「島《しま》」へ行《い》くために画策《かくさく》し次々《つぎつぎ》と実行《じっこう》しますが、うまくいきません。ソーピーが行《い》きたいと願《ねが》った「島《しま》」とは、どこなのでしょうか？　結末《けつまつ》には、落語《らくご》の「落《お》ち」のような一言《ひとこと》が待《ま》ちうけています。

マディスン・スクェアのいつものベンチの上《うえ》で、ソーピーは不安気《ふあんげ》に身体《からだ》を動《うご》かしました。

夜空高《よぞらたか》く雁《がん》が鳴《な》きわたり、海豹《かいひょう》の外套《がいとう》をもっていない細君《さいくん》たちが良人《おっと》にやさしくなると、そしてまたソーピーが公園《こうえん》のベンチの上《うえ》で落《お》ちついておられなくなると、季節《きせつ》は冬《ふゆ》に手《て》がとどくところなのです。

枯葉《かれは》が一枚《まい》、ソーピーの膝《ひざ》に落《お》ちました。それはやがて来《く》る霜大夫《ジャック・フロスト》の報《たよ》りです。霜大夫《ジャック・フロスト》はマディスン・スクェアの定連《じょうれん》にはことのほか親切《しんせつ》です。それで、例年《れいねん》のとおり、やがて彼《かれ》が訪《おとず》れるぞと予告《よこく》をしてくれるのです。霜大夫《ジャック・フロスト》は四《よ》つ辻《つじ》の角《かど》で彼《かれ》の来意《らいい》を野天館《アウト・オール・ドーアズ》の取次役《とりつぎやく》、朔風之丞《ノース・ウィンド》に告《つ》げるので、その館《やかた》を家《いえ》とする人《ひと》たちは冬《ふゆ》がほんとうに来《く》るまでに用意《ようい》を調《ととの》えることができるというものなのです。

ソーピーは迫《せま》りくる厳寒《げんかん》に対《たい》して方法委員会《ほうほういいんかい》(一人《ひとり》なのだが)を開《ひら》かなければならぬときが来《き》たということをさとりました。だから、ベンチの

海豹《かいひょう》…アザラシの別名《べつめい》。　**外套**《がいとう》…オーバーコート。　**霜大夫**《ジャック・フロスト》…原文《げんぶん》は、フロスト(霜《しも》)に愛称《あいしょう》のジャックを付《ふ》して擬人化《ぎじんか》した用法《ようほう》。厳寒《げんかん》の意《い》。そこで訳者《やくしゃ》は訳文《やくぶん》にも日本流《にほんりゅう》の「大夫《たゆう》」をあてて擬人化《ぎじんか》と洒落《しゃれ》たもの。

上《うえ》で不安気《ふあんげ》にもじもじと動《うご》いたのでした。

しかし、ソーピーの避寒《ひかん》の希望《きぼう》というのは、決《けっ》して大《たい》して大《おお》げさなものではありませんでした。彼《かれ》は地中海《ちちゅうかい》の巡航《じゅんこう》や、眠《ねむ》げな南《みなみ》の空《そら》を頭《あたま》の中《なか》に描《えが》いたわけでもなく、まして、ヴェスヴィアス湾《わん》に船《ふね》を浮《う》かべようなどというようなことは思《おも》ったわけではないのです。

三か月《げつ》ばかり「島《しま》」へ行《い》って暮《く》らそう。彼《かれ》の渇望《かつぼう》するのはそれっぱかりのことであったのです。すなわち北風《きたかぜ》におそわれたり、警官《けいかん》にしかられたりする心配《しんぱい》なく、三度《さんど》の食事《しょくじ》や着物《きもの》などに不自由《ふじゆう》なく、しかも気《き》の合《あ》った友《とも》だちのいるところで三か月《げつ》を送《おく》るということが、ソーピーにはまことに望《のぞ》ましいもののように思《おも》われたからなのです。

ずっとこの数年間《すうねんかん》、ブラックウェルの刑務所《けいむしょ》が彼《かれ》の行《ゆ》きつけの避寒地《ひかんち》だったのでした。彼《かれ》よりも、も少《すこ》し幸運《こううん》なニュー・ヨークの同胞《どうほう》たちが毎冬《まいふゆ》パーム・ビーチやラリヴィーラ行《ゆ》きの切符《きっぷ》を求《もと》めるように、ソー

(59ページ)**朔風之丞**《ノース・ウインド》…このノース・ウインド(北風《きたかぜ》の意《い》)も、前出《ぜんしゅつ》の「霜大夫《ジャック・フロスト》」同様《どうよう》、役者名《やくしゃめい》をあてて洒落《しゃれ》たもの。　**ブラックウェル**…ニューヨーク市《し》のイースト・リバーにある島《しま》。現《げん》、ローズヴェルト島《とう》。

ピーは年《とし》ごとに島《しま》行《ゆ》きに必要《ひつよう》な彼《かれ》相当《そうとう》の手順《てじゅん》をとりました。そして、今《いま》、ちょうどその時期《じき》となったのです。前夜《ぜんや》は、三枚《まい》の日曜新聞《にちようしんぶん》を、上衣《コート》の下《した》と踵《かかと》のあたりと膝《ひざ》の上《うえ》に分配《ぶんぱい》して、この広場《ひろば》の噴水近《ふんすいちか》く、例《れい》のベンチの上《うえ》で寝《ね》ましたが、寒《さむ》さをはね返《かえ》す効果《こうか》が少《すこ》しもなかったのでした。で、彼《かれ》の心《こころ》のうちに島《しま》が浮《う》かんできたのです。いかにも素敵《すてき》に、時節柄《じせつがら》のものであるように浮《う》かんできたのです。いったい、彼《かれ》はこの市《し》の浮浪人《ふろうにん》のため慈善《じぜん》の名《な》のもとにできている設備《せつび》を軽蔑《けいべつ》していたのです。彼《かれ》の意見《いけん》によると、法律《ほうりつ》は慈善《じぜん》よりもいっそう情《じょう》のあついものなのでした。世間《せけん》には公私《こうし》いろいろの慈善制度《じぜんせいど》があるから、出《で》かけてゆきさえすれば、簡《かん》易生活相当《いせいかつそうとう》の食物《しょくもつ》や宿所《しゅくしょ》を得《う》ることは大《たい》して困難《こんなん》ではない。しかし、どうも、慈善《じぜん》の賜物《たまもの》というのはいささかソーピーの襟度《きんど》に抵触《ていしょく》するところであったのです。慈善《じぜん》によって受《う》けるあらゆる利益《りえき》に対《たい》して、金《かね》こそ払《はら》う必要《ひつよう》はないが、そのかわり精神的屈辱《せいしんてきくつじょく》という代償《だいしょう》を払《はら》わせられる。

パーム・ビーチ、ラリヴィーラ…いずれも、アメリカ合衆国南部《がっしゅうこくなんぶ》の避寒地《ひかんち》。

襟度《きんど》…人《ひと》を受《う》け入《い》れる心《こころ》の広《ひろ》さ。度量《どりょう》。

抵触《ていしょく》する…ものごとがたがいに矛盾《むじゅん》し衝突《しょうとつ》すること。

カエサルにブルーツスがあったように、慈善《じぜん》の寝所《しんじょ》には入浴《にゅうよく》というやつが運命的《うんめいてき》に付随《ふずい》しており、一塊《いっかい》のパンには、個人的《こじんてき》なプライヴェートなことまで訊問《じんもん》されるという運命《うんめい》がついている。慈善《じぜん》のお客《きゃく》さまとなるよりは法律《ほうりつ》のご厄介《やっかい》となった方《ほう》が気《き》がきいているというのです。それは、規則《きそく》ずくめではあるけれど、いやしくも紳士《しんし》の私的生活《してきせいかつ》にまで不当《ふとう》の干《かん》渉《しょう》をするということはないからなのです。

ソーピーは島行《しまゆ》きにきめたので、すぐさまその手段《しゅだん》に取《と》りかかりました。こんなことは朝飯前《あさめしまえ》のことで、方法《ほうほう》はいくらでもあります。いちばん愉快《ゆかい》なのはどこか一流《いちりゅう》のレストランで豪奢《ごうしゃ》な食事《しょくじ》をして、それからお金《かね》のないことを宣言《せんげん》し、満場静粛裡《まんじょうせいしゅくり》に、警官《けいかん》に手渡《てわた》しされることである。あとは親切《しんせつ》なお役人《やくにん》が万事《ばんじ》よろしくやってくれる、と。

ソーピーはベンチを離《はな》れ、ブロードウェーと五番街《ばんがい》との合流《ごうりゅう》するアス

カエサルにブルーツスがあったように…「ブルータス（ブルーツス）、お前《まえ》もか」のセリフ（シェイクスピア）でも知《し》られるように、ブルーツスはカエサル（シーザー）の暗殺者《あんさつしゃ》。ともに切《き》っても切《き》れない関係《かんけい》のたとえ。

ファルトの平《たい》らな海《うみ》を渡《わた》ってゆきました。ブロードウェーへ曲《ま》がり、光《ひかり》にまばゆいカフェーの前《まえ》に止《と》まるのでした。そこには夜《よ》ごとに、葡萄《ぶどう》、蚕《かいこ》、原形質《げんけいしつ》からできる最上作《さいじょうさく》がよせ集《あつ》められていたのです。

　ソーピーは頭《あたま》の先《さき》から胸着《チョッキ》のいちばん下《した》のボタンまでにはそうとう自《じ》信《しん》がありました。顔《かお》は剃《そ》ってあるし、上衣《うわぎ》は品《ひん》がよく、おまけに小《こ》ザッパリした結《むす》びつけのネクタイは、そもそも、感謝祭《かんしゃさい》の日《ひ》にミッションの貴婦人《きふじん》から贈《おく》られたという由緒《ゆいしょ》のある品物《しなもの》。だから、もしレストランの入《い》り口《ぐち》を通《とお》って、首尾《しゅび》よく席《せき》に着《つ》いてさえしまえば、もうこっちのものなのです。テーブルから上《うえ》へ出《で》る部分《ぶぶん》は決《けっ》して給仕人《ウエーター》の心《こころ》に疑念《ぎねん》を起《お》こさせる心配《しんぱい》はないのですから。真鴨《まがも》の焼肉《やきにく》がいいな、とソーピーは考《かんが》えました。シャブリを一本《ぽん》とカマンベール、そのあとで、デミタスと葉巻《はまき》が一本《ぽん》。葉巻《はまき》は一弗《ドル》ぐらいのでいいだろうな。みんなで、べつに大《たい》した額《たか》にはならないから、最後《さいご》にカフェーの帳場《ちょうば》からやっつけられるとして

原形質《げんけいしつ》…最《もっと》もおおもとの原材料《げんざいりょう》の意《い》。　**ミッション**…キリスト教《きょう》の伝道《でんどう》団体《だんたい》。　**シャブリ**…ブルゴーニュ地方《ちほう》（フランス）の町《まち》シャブリで産出《さんしゅつ》される白《しろ》ワイン。　**デミタス**…ここでは、一杯《ぱい》のコーヒーの意《い》。

も、べつに何《なん》にも別条《べつじょう》を呈《てい》すというほどにはならないだろうし、よしやられたにしてもいったん食《た》べた肉《にく》は例《れい》の避寒所《ひかんじょ》へ行《ゆ》く間《あいだ》、よい心持《こころも》ちに、お腹《なか》にたまっていようという趣向《しゅこう》なのです。

ソーピーがカフェーに一歩《ぽ》踏《ふ》みこむと、さすがに給仕頭《きゅうじがしら》は目《め》ざとく、膝《ひざ》の飛《と》び出《で》た洋袴《ズボン》とぼろぼろの靴《くつ》とを見《み》て取《と》ってしまいました。強《つよ》い手《て》が、待《ま》っていましたとばかり、ぐるりと彼《かれ》を引《ひ》きまわすと、だまって歩道《ほどう》へ彼《かれ》を引《ひ》きずり出《だ》して、あやういところで真鴨《まがも》の運命《うんめい》を転換《てんかん》したのでした。

ソーピーはブロードウェーからそれました。どうも、希望《きぼう》の島《しま》へ行《ゆ》くには食傷新道方面《しょくしょうしんみちほうめん》からでは駄目《だめ》らしい。だから、何《なに》かほかの手段《しゅだん》を見《み》つけなければならない。

六番街《ばんがい》の角《かど》まで来《く》ると、飾窓《ショーウインドー》に手《て》ぎわよく並《なら》べたてられた品物《しなもの》が電灯《でんとう》の下《した》でまばゆく光《ひか》って目立《めだ》っていました。ソーピーは小礫《じゃり》を拾《ひろ》って、窓《まど》のガラスをブチ割《わ》った。巡査《じゅんさ》を先頭《せんとう》に、弥次馬《やじうま》が横丁《よこちょう》から駆《か》け出《だ》してき

別条《べつじょう》を呈《てい》す…異常《いじょう》(状《じょう》)を表《あらわ》す。　**食傷新道方面《しょくしょうしんみちほうめん》**…飲食店《いんしょくてん》、すなわち食《た》べ物《もの》における方法《ほうほう》や手段《しゅだん》。　**たれ**…だれ(誰《だれ》)の古《ふる》いいい方《かた》。
昂奮《こうふん》…興奮《こうふん》に同《おな》じ。　**かかりあい**…かかわりあい。関係《かんけい》。

た。ソーピーはポケットに両手《りょうて》を入《い》れて、静《しず》かにそこに立《た》ったまま、警《けい》官《かん》の制服《せいふく》に光《ひか》る真鍮《しんちゅう》のボタンを見《み》つめて微笑《びしょう》しました。

「たれがやったんです」

巡査《じゅんさ》は昂奮《こうふん》してたずねるのです。

「ぼくが何《なに》かこれにかかりあいがあるかも知《し》れないということを考《かんが》えられないですか、貴方《あんた》は」

うまい幸運《こううん》にぶつかった人《ひと》のいうあの口調《くちょう》で、ソーピーは多少皮肉《たしょうひにく》ではあったが、しかし親《した》し気《げ》な口調《くちょう》でいったのでした。

しかし、巡査《じゅんさ》はソーピーが手《て》がかりになるとすらも思《おも》わなかった。窓《まど》を壊《こわ》した本人《ほんにん》がポカンと巡査《じゅんさ》の来《く》るのを待《ま》って、話《はな》しかけるはずがない。一目散随徳寺《いちもくさんずいとくじ》と来《く》るにきまってらあね。半丁《はんちょう》ばかり向《む》こうに、電車《でんしゃ》に乗《の》ろうと駆《か》けてゆく男《おとこ》を見《み》つけると巡査《じゅんさ》も棍棒《こんぼう》を取《と》り直《なお》して、彼《かれ》のあとを追《お》って、(電車《でんしゃ》の)追跡《ついせき》に加《くわ》わったのでした。ソーピーは二度《にど》の失敗《しっぱい》です

一目散随徳寺《いちもくさんずいとくじ》…随徳寺《ずいとくじ》は、ずいと跡《あと》をくらますの洒落《しゃれ》で、一目散《いちもくさん》の逃《に》げの強調《きょうちょう》として合体《がったい》して用《もち》いられる。　**半丁《はんちょう》**…丁《ちょう》は距離《きょり》の単位《たんい》。町《ちょう》と同《おな》じで、一丁《いっちょう》は約《やく》109メートル。半丁《はんちょう》は約《やく》55メートル。

っかりくさってしまい、ふたたび、のろのろと歩《ある》き出《だ》しました。

街《まち》の向《む》こう側《がわ》に、見《み》かけは素敵《すてき》でも何《なん》でもないレストランが見《み》えました。お腹《なか》も財布《さいふ》の中《なか》も両方《りょうほう》ともオカッタルイ連中《れんちゅう》の気《き》に入《い》りそうな店《みせ》でして、食器《しょっき》と空気《くうき》は重《おも》くるしく、スープとナプキンは薄《うす》いという家《うち》でした。ソーピーは怪《あや》しまれそうな靴《くつ》と洋袴《ズボン》を幸《さいわ》いにとがめられもせず、この家《うち》にはいりこみました。彼《かれ》はビフテキとフラップジャッキ、ドーナッツ、それからパイを平《たい》らげたうえ、給仕《きゅうじ》に、おれは、葬式《そうしき》の達磨提灯《だるまちょうちん》だ、と種《たね》あかしをしたのでした。

「さあ、急《いそ》いで巡査《じゅんさ》を呼《よ》ぶんだね。紳士《しんし》を待《ま》たせるという法《ほう》はないぜ」

「貴様《うぬ》らに巡査《じゅんさ》がいるもんか」

給仕人《ウエーター》はバタ・ケーキのような声《こえ》で、マンハッタン・カクテルにはいっている桜果《チェリー》のような眼《め》をして呼《よ》びました。

「おーい、兄弟《きょうだい》」

オカッタルイ…江戸後期《えどこうき》の言葉《ことば》で、不十分《ふじゅうぶん》、不足《ふそく》しているの意《い》。
葬式の達磨提灯《そうしきのだるまちょうちん》…お金《かね》を持《も》っていない、という意《い》。

二人《ふたり》の給仕人《ウエーター》は冷《つめ》たい舗道《ほどう》の上《うえ》にソーピーの左《ひだり》の頬《ほお》をイヤというばかりたたきつけました。ソーピーは大工《だいく》の尺度《ものさし》のように、身体《からだ》を一関節《かんせつ》ずつのばし、着物《きもの》の泥《どろ》をはらいました。人生就縛難《じんせいしゅうばくなん》しかも島《しま》は遠《とお》い。二軒《けん》さきの薬屋《くすりや》の前《まえ》に立《た》って、始終《しじゅう》を見《み》ていた巡査《じゅんさ》は笑《わら》って行《い》ってしまった。

　さすがにソーピーも落胆《がっかり》して、五丁場《ちょうば》ほど行《い》くまではもうこちらから縄《なわ》にかかろうという気《き》にはなれませんでした。今度《こんど》は彼《かれ》が自分《じぶん》で想像《そうぞう》して「楽《らく》の手《て》」といっていた一手《いって》でやってみることにしました。若《わか》い女《おんな》がおとなしい恰好《かっこう》のいいなりで飾窓《ウインドー》の前《まえ》に立《た》って、髯剃《ひげそ》り茶碗《カップ》とインキ入《い》れに見《み》とれている。そこから二ヤードばかり離《はな》れたところには厳《いか》めしい巡査《じゅんさ》が水道《すいどう》の栓《せん》によりかかって立《た》っているというわけなのです。

　そこでソーピーの計略《けいりゃく》というのは、今《いま》までは軽蔑《けいべつ》し劣等視《れっとうし》していた色《しき》魔《ま》、その役《やく》どおりを一《ひと》つやってみようというのです。何《なに》しろ相手《あいて》が上品《じょうひん》な良家《りょうか》の娘風《むすめふう》で、やかましそうな警官《けいかん》がすぐそばに立《た》っているというの

マンハッタン・カクテル…ウイスキーとベルモットに少量《しょうりょう》のにがみを加味《かみ》したカクテルで、通常《つうじょう》は黄色《きいろ》やピンク色《いろ》に着色《ちゃくしょく》した、マラスキーノチェリーと呼《よ》ばれるサクランボを添《そ》える。

ですから、今度《こんど》こそまちがいなく、幸《さいわ》いにも、官憲《かんけん》の手《て》が自分《じぶん》の腕《うで》を捕《とら》えて引《ひ》き立《た》ててくれるだろうし、おかげさまでこの冬《ふゆ》もあの懐《なつ》かしい小《ちい》さな島《しま》で送《おく》ることができると、彼《かれ》は確信《かくしん》したものなのです。

ソーピーは例《れい》の婦人宣教師《ふじんせんきょうし》のネクタイを直《なお》し、引《ひ》きこんだカフスをちゃんと引《ひ》っぱり出《だ》し、帽子《ぼうし》を伊達《だて》な横《よこ》かぶりにかぶって、その女《おんな》の方《ほう》へにじりよるという寸法《すんぽう》なのです。彼《かれ》は女《おんな》に色目《いろめ》を使《つか》い、急《きゅう》に咳《せき》が出《で》たようなふりをしてエヘン、エヘン、エヘン！　と三度《さんど》ばかり咳払《せきばら》いをし、微笑《びしょう》し、空《そら》笑《わら》いをし、それから色魔《しきま》のする彼《かれ》のいわゆる破廉恥《はれんち》しごくな歎願《たんがん》を憶面《おくめん》なくやっつけました。ちょっと見《み》やると、警官《けいかん》はちゃんとこちらを注視《ちゅうし》している。女《おんな》は二三歩《ぼ》向《む》こうによったまま、まだ例《れい》の髯剃《ひげそ》り道具《どうぐ》に見《み》とれている。ソーピーはずかずかと女《おんな》によりそうと、帽子《ぼうし》をとっていったのでした。

「いよオ、ベディーリヤ、どうだいおれのところでちょっと遊《あそ》ぶ気《き》はないか」

(67 ページ)ニヤード…ヤードは距離《きょり》の単位《たんい》。1ヤードは3フィートで約《やく》0.9144 メートル。約《やく》1.83 メートル。

伊達《だて》…人目《ひとめ》を引《ひ》くために派手《はで》な身《み》なりや行動《こうどう》で、見栄《みえ》を張《は》るさま。

巡査《じゅんさ》はまだこちらを向《む》いていました。つきまとわれた婦人《ふじん》はただ指《ゆび》一本動《ぼんうご》かして巡査《じゅんさ》に合図《あいず》すればよい、ソーピーは今度《こんど》こそ大丈夫《だいじょうぶ》あの浮世《うきよ》離《はな》れた避難所《ひなんじょ》に直行《ちょっこう》だなと思《おも》いました。いな、彼《かれ》はすでに警察署《けいさつしょ》の気持《きも》ちのいいストーヴの暖《あたた》かさを感《かん》ずるようにさえ思《おも》ったのであった。ところが、どうだろう。女《おんな》は彼《かれ》の方《ほう》を向《む》くと、手《て》を延《の》ばして、彼《かれ》の上衣《うわぎ》の袖《そで》をつかんだものです。

「いいわよ、マイク、ビールを一杯《ぱい》おごってくれれば。もっと早《はや》くものをいいたかったんだけど、巡的《じゅんてき》が見《み》ているんでね」

樫《かし》にはいまつわる蔦《つた》のように彼《かれ》によりかかる女《おんな》といっしょに、ソーピーはすっかりしょげて巡査《じゅんさ》の前《まえ》を通《とお》りすぎました。とても刑務所《けいむしょ》へは行《ゆ》けそうもないと彼《かれ》は身《み》の不運《ふうん》を嘆《なげ》いたことでした。

次《つぎ》の角《かど》まで来《き》たとき、彼《かれ》は相手《あいて》をふりすてて馳《か》け出《だ》しました。そしてしばらくたってからようやく立《た》ち止《ど》まったのでした。そこはもっとも明《あか》

空笑《そらわら》い…つくり笑《わら》い。おかしくもないのに笑《わら》うこと。
憶面《おくめん》なく…遠慮《えんりょ》することもなく、あつかましく。
巡的《じゅんてき》…巡査《じゅんさ》を軽《かろ》んじていう語《ご》。

る町《まち》と、もっとも愉快《ゆかい》な心《こころ》と、もっとも軽《かる》い誓《ちか》いとそして唄《うた》とが夜《よ》ごとに見出《みいだ》されるところでした。毛皮《けがわ》にくるまった女《おんな》と、外套《がいとう》をまとった男《おとこ》とがすっかり冬装束《ふゆしょうぞく》で、楽《たの》し気《げ》に歩《ある》いていました。不意《ふい》にソーピーは一種《いっしゅ》の恐怖《きょうふ》におそわれました。何《なに》かおそろしい魔力《まりょく》のようなものが自分《じぶん》を捕縛《ほばく》されないようにしてしまったのではないかということでした。この考《かんが》えは彼《かれ》を狼狽《ろうばい》させました。だから、ある素晴《すば》らしい劇場《げきじょう》の前《まえ》で巡査《じゅんさ》がいばって歩《ある》いているのにぶつかると、彼《かれ》は公安妨害《こうあんぼうがい》という手近《てぢか》な藁《わら》をつかむ気《き》にもなったのでした。

彼《かれ》は鋪道《ほどう》の上《うえ》で、できるだけの胴間声《どうまごえ》をはり上《あ》げて、滅茶苦茶《めちゃくちゃ》に酔《よ》っぱらいのような叫《さけ》び声《ごえ》をあげました。踊《おど》り、吼《ほ》え、喚《わめ》き、その他《た》あらゆる手段《しゅだん》を講《こう》じてあたりの静《しず》けさをかきみだすのでした。警官《けいかん》は、しかし、棍棒《こんぼう》をひねくりまわしながら、向《む》こうをむいて、一人《ひとり》の男《おとこ》に語《かた》りました。

「エールの学生《がくせい》なんですよ。ハートフォードを敗《ま》かしたので、祝盃《しゅくはい》をあ

鋪道《ほどう》…アスファルトなどを敷《し》いた道路《どうろ》。
胴間声《どうまごえ》…調子《ちょうし》はずれの、太《ふと》くにごった下品《げひん》な声《こえ》。

げたんです。やかましいけれど、なあに、悪《わる》いことはしないです。なるべく放任《ほうにん》するようにと本署《ほんしょ》から命令《めいれい》が出《で》ています」

がっかりしたソーピーは無益《むえき》な騒動《そうどう》をやめました。いったい、警官《けいかん》はおれを絶対的《ぜったいてき》に捕《とら》えないつもりなのか。彼《かれ》の心《こころ》には刑務所《けいむしょ》は人間《にんげん》のよく達到《とうたつ》しえない神仙郷《しんせんきょう》であるかのように思《おも》われました。彼《かれ》は冷《つめ》たい風《かぜ》をしのごうと地《じ》の薄《うす》い上衣《うわぎ》のボタンをかけました。

とある莨屋《たばこや》で、りっぱな風体《なり》をした男《おとこ》が葉巻《はまき》に火《ひ》をつけようとしているのが眼《め》につきました。その男《おとこ》の絹張《きぬば》りの傘《かさ》は戸口《とぐち》においてありました。ソーピーはずかずかとはいりこんで傘《かさ》をかすめ、のろのろと歩《ある》き出《だ》しました。火《ひ》をつけかけていた男《おとこ》は急《いそ》いで追《お》いかけてきました。

「わたしの傘《かさ》ですよ」

とその男《おとこ》は手強《てづよ》くいいました。

「ははあ、そうですかね」

エール、ハートフォード…いずれもアメリカ合衆国《がっしゅうこく》の大学《だいがく》の名《な》。
達到《とうたつ》…到達《とうたつ》に同《おな》じ。
神仙郷《しんせんきょう》…神《かみ》や仙人《せんにん》だけしか行《い》くことのできない神聖《しんせい》な場所《ばしょ》。

ソーピーはフフンと鼻《はな》で笑《わら》いました。つまり、小《しょう》なりといえども窃盗《せっとう》をしたうえに、侮辱《ぶじょく》まで加《くわ》えたわけなのです。

「なるほどね。で、あんたはなぜ巡査《じゅんさ》を呼《よ》ばないんです。たしかにあたいが取《と》りましたよ、あんたの傘《かさ》をね！　なぜ巡査《じゅんさ》を呼《よ》ばないんだね、君《きみ》。あの角《かど》に立《た》っているじゃないか」

傘《かさ》の持《も》ち主《ぬし》はだんだんその歩《あゆ》みをおそくしました。ソーピーもそれにつれておそく歩《ある》くことにしましたが、何《なん》となく、今度《こんど》もまた駄目《だめ》かという心持《こころも》ちがしたのです。巡査《じゅんさ》は二人《ふたり》を胡散《うさん》げに見《み》ていました。

「もちろん、すなわち……その、こういうまちがいはよくあるものでしてね。わしが……もしや万一《まんいち》その、それがあんたのでしたら、堪忍《かんにん》したまえよ。実《じつ》はぼくは今朝《けさ》その傘《かさ》をレストランで拾《ひろ》ったんです。もし、それがあんたのでしたら、もちろんつまり……」

「もちろんおれんだ！」

胡散《うさん》げに…不審《ふしん》そうに。怪《あや》しげに。

ソーピーはにくにくし気《げ》にいいはなちました。前傘主《ぜんかさぬし》は退却《たいきゃく》しました。巡査《じゅんさ》は、通《とお》りを横切《よこぎ》ろうとするオペラ外套《がいとう》を着《き》た背《せ》の高《たか》い美人《びじん》に手《て》をかそうと、その方《ほう》へ急《いそ》いでゆきました。電車《でんしゃ》はまだ二丁《ちょう》も向《む》こうにいるのだが……

ソーピーは道路工事《どうろこうじ》のため掘《ほ》り返《かえ》された町《まち》を通《とお》って東《ひがし》の方《ほう》へ足《あし》を向《む》けました。彼《かれ》は例《れい》の傘《かさ》をその穴《あな》ボコの中《なか》へたたきこみヘルメットをかぶり棍棒《こんぼう》をたずさえている人間《にんげん》のことをブツブツと愚痴《ぐち》るのでした。おれが捕《つか》まってやろうとするものだからあいつらはかえっておれのことを神聖《しんせい》にして犯《おか》すことのできない王《おう》さまかなんかと思《おも》ってやがる！

とうとうソーピーは東《ひがし》へ延《の》びたある一《ひと》つの町《まち》へ出《で》ました。暗《くら》くて静《しず》かなところでした。彼《かれ》はここから例《れい》のマディスン・スクェアをさしてゆくのです。たとえ住《す》むところが公園《こうえん》のベンチであっても、人間《にんげん》の家《うち》に対《たい》する本能《ほんのう》は消《き》えずに残《のこ》っているものなので。

オペラ外套《がいとう》…オペラ・クローク。観劇《かんげき》や夜会《やかい》で、イブニングドレスの上《うえ》に着《き》るゆるやかなケープ型《がた》の上衣《うわぎ》。

ところで彼《かれ》はばかに静《しず》かな場所《ばしょ》まで来《き》かかり、ふと足《あし》を止《と》めたのでした。古風《こふう》な、まとまりのつかない破風《はふ》のついた昔《むかし》ながらの教会《きょうかい》が建《た》っていました。紫色《むらさきいろ》の窓《まど》ガラスを通《とお》して、やわらかい光《ひかり》が流《なが》れていました。オルガン奏者《ひきて》が来《きた》る安息《あんそく》の讃美歌《さんびか》をうまく奏《ひ》けるようにと練習《れんしゅう》をしていたのでしょう。ソーピーは美《うる》わしい音楽《おんがく》のもれてくるのを聞《き》いているうち、鉄柵《てっさく》の渦巻《うずま》き模様《もよう》によりかかったままじっとしてしまったのです。

中天《ちゅうてん》の月《つき》は静《しず》かにかがやいていたのです。道行《みちゆ》く人《ひと》も車《くるま》もほとんど途《と》絶《だ》え、雀《すずめ》は軒《のき》で眠《ね》む気《げ》にチチとなきました。しばらくは、まるで田舎《いなか》の教会《きょうかい》の境内《けいだい》のようでした。オルガンの響《ひび》きはまったくソーピーを鉄柵《てっさく》に釘《くぎ》づけにしてしまいました。昔彼《むかしかれ》の生活《せいかつ》が、母《はは》の愛《あい》、薔薇《ばら》、希望《きぼう》、友情《ゆうじょう》、無垢《むく》な思想《しそう》や襟《カラ》などというようなものに対《たい》して今《いま》ほどまでに縁遠《えんどお》くなかった時代《じだい》、彼《かれ》はその音楽《おんがく》を何度《なんど》も聞《き》き、歌《うた》ったものだったのです。

ソーピーの感受的《かんじゅてき》な心《こころ》と昔《むかし》ながらの教会《きょうかい》にただよっている感応力《かんのうりょく》とい

中天《ちゅうてん》…空《そら》の真《ま》ん中《なか》。天《てん》の中心《ちゅうしん》。

襟《カラ》…カラー。洋服《ようふく》・ワイシャツなどの襟《えり》のこと。ここでは、襟《えり》のついた上等《じょうとう》な服《ふく》の意《い》か。

うようなものが、相合《そうごう》して彼《かれ》の魂《たましい》の上《うえ》に急激《きゅうげき》な不可思議《ふかしぎ》な変化《へんか》をもたらしたのです。彼《かれ》は自分《じぶん》が今《いま》までおちこんでいたドン底生活《ぞこせいかつ》をかえりみてぞっと身《み》をおののかせたのでした。彼《かれ》の生活《せいかつ》を形成《けいせい》していた堕落《だらく》の日常《にちじょう》、下等《かとう》な慾望《よくぼう》、前途《ぜんと》の暗黒《あんこく》、才能的《さいのうてき》自棄《じき》、卑陋《ひろう》な動機《どうき》……それらをかえりみて恐怖《きょうふ》を感《かん》ぜずにはいられなかったのです。

やがて彼《かれ》の勇気《ゆうき》はおどるがごとくこの新《あたら》しい気分《きぶん》に応《おう》じて振《ふ》るい起《お》こってきました。即刻《そっこく》、強烈《きょうれつ》な衝動《しょうどう》が彼《かれ》を鼓舞《こぶ》して、絶望的《ぜつぼうてき》に見《み》えた運命《うんめい》と闘《たたか》う決心《けっしん》を起《お》こさせたのです。おれは泥濘《ぬかるみ》から自分《じぶん》を救《すく》わなくてはならない。おれは昔《むかし》の真人間《まにんげん》に還《かえ》らなければならない。憑《つ》いている悪魔《あくま》を打《う》ち破《やぶ》らなければならない。彼《かれ》は決心《けっしん》したのです。幸《さいわ》いなことにはまだ時《とき》がある。彼《かれ》はまだ大《たい》して年《とし》をとってはいませんでした。彼《かれ》は熱烈《ねつれつ》な昔《むかし》の志望《しぼう》を生《い》かし、不屈《ふくつ》の勇気《ゆうき》を出《だ》してこれを追求《ついきゅう》してみようと決心《けっしん》しました。つまり、厳《おごそ》かなしかし美《うる》わしいオルガンの音《ね》が彼《かれ》の心《こころ》に革命《かくめい》をひ

卑陋《ひろう》な…下品《げひん》な。

鼓舞《こぶ》して…はげまし、勢《いきお》いづけること。奮《ふる》い立《た》たせること。

き起《お》こしたのです。明日《あす》、景気《けいき》のいい下町《したまち》へ出《で》かけていって仕事《しごと》を探《さが》すことにしよう。あるとき、毛皮《けがわ》の輸入商《ゆにゅうしょう》が馭者《ぎょしゃ》にならないかといってくれたことがありました。明日《あす》はあの男《おとこ》をたずねてゆこう。ひとかどの人間《にんげん》になろう。何《なに》かりっぱな……

ここで、突然《とつぜん》ソーピーの肩《かた》に手《て》をかけた者《もの》があったのでした。ふりかえると、巡査《じゅんさ》が長《なが》い顔《かお》をして立《た》っているのです。

「何《なに》をしているのか」

「何《なん》にもしちゃいませんぜ」

「ちょっと同行《どうこう》せい」

と巡査《じゅんさ》はいったことなのでした。

「三か月《げつ》、島《しま》へ行《い》ってこい！」

翌朝《よくちょう》、違警罪裁判所《いけいざいさいばんしょ》で、判官《はんがん》は彼《かれ》にこういったのです。

ひとかどの…人並《ひとな》み以上《いじょう》の。

違警罪《いけいざい》…日本《にほん》の旧刑法《きゅうけいほう》で、重罪《じゅうざい》、軽罪《けいざい》とともに三分割《ぶんかつ》された犯罪区分《はんざいくぶん》の一《ひと》つで、本罪《ほんざい》に該当《がいとう》する者《もの》は、拘留《こうりゅう》あるいは科料《かりょう》(罰金《ばっきん》)に処《しょ》せられた。

ああ、ぼくのさいごのフランス語《ご》の授業《じゅぎょう》か。

フランス語《ご》よさようなら

アルフォンス・ドーデ
（楠山正雄《くすやままさお》・訳《やく》）

アルフォンス・ドーデ　一八四〇―一八九七

物語《ものがたり》の舞台《ぶたい》は、普仏戦争《ふふつせんそう》が終《お》わった一八七一年《ねん》のアルザス地方《ちほう》です。この地方《ちほう》は、フランスとプロイセン(旧《きゅう》ドイツ帝国《ていこく》の前《ぜん》身《しん》)の国境《こっきょう》に位置《いち》していたため、戦争《せんそう》が終《お》わるたびにフランス領《りょう》になったりプロイセン領《りょう》になったりしてきました。普仏戦争《ふふつせんそう》でのフランスの敗北《はいぼく》で、学校《がっこう》ではフランス語《ご》にかわりドイツ語《ご》の授業《じゅぎょう》が始《はじ》まろうとしています。主人公《しゅじんこう》の少年《しょうねん》フランツが受《う》けた最後《さいご》の授業《じゅぎょう》とは、どのようなものだったのでしょうか?

その朝《あさ》、ぼくは学校《がっこう》へ行《い》くじかんに、たいへんおくれていました。それに、アメル先生《せんせい》から、きょうの宿題《しゅくだい》の答《こた》えをきかれることになっていたので、しかられるのが、こわくてこわくて、たまりませんでした。

ほんというと、ぼくはなまけて、宿題《しゅくだい》をやっていませんでしたから、いっそのこと学校《がっこう》を休《やす》んで、原《はら》っぱへ、あそびに行《い》ってしまおうかなどと、思《おも》ったりしました。

空《そら》はよく晴《は》れていましたし、ぽかぽかと、あたたかい日《ひ》でした。村《むら》はずれの森《もり》では、つぐみがないていました。リッペールの牧場《まきば》の、こびき小屋《ごや》のうしろでは、プロシャのへいたいが、おちに、おちにと元気《げんき》よく、きょうれんをしていました。ぼくには、それをみているほうがすきだし、そしておもしろいのですが、それでも、むりにがまんして、学校《がっこう》のほうへ、かけだしました。

村《むら》の役場《やくば》のまえをとおりかかりますと、金《かな》あみをはった、けいじばん

こびき…木材《もくざい》をのこぎりでひき、建築《けんちく》・家具《かぐ》などの材料《ざいりょう》に仕立《した》てること。
プロシャ…プロイセン。18世紀《せいき》の北東《ほくとう》ヨーロッパの旧国名《きゅうこくめい》。ドイツ帝国《ていこく》の前身《ぜんしん》。　**きょうれん**…教練《きょうれん》。軍隊《ぐんたい》で行《おこな》う戦闘《せんとう》のための訓練《くんれん》。

のまわりに、おおぜい人《ひと》がたかって見《み》ていました。二年《ねん》このかたつづいている、いやな戦争《せんそう》のしらせは、みんな、このけいじばんで、つたえられてきたものでした。ぼくは、

「また、何《なに》かあるのかな」

と、思《おも》っただけで、立《た》ちどまりませんでした。

ちょうどぼくが、かけながら広《ひろ》っぱを、つっきろうとすると、こぞうをつれて、そのけいじばんをよんでいたかじやさんが、ぼくにむかって、

「ぼうや、そんなにいそぐことはねえやね。もういつ行《い》ったって、学校《がっこう》におくれっこは、ねえんだからな」

と、どなりました。

ぼくは、このかじやさんが、ぼくをからかっているんだなとおもいました。かまわず、いきをきらして走《はし》って、ようやく、校庭《こうてい》に、とびこみました。

いやな戦争《せんそう》…普仏戦争《ふふつせんそう》(1870～71年《ねん》にプロイセンとフランスの間《あいだ》で行《おこな》われた戦争《せんそう》)のこと。プロイセンが大勝《たいしょう》し、フランスは破《やぶ》れた。　**広《ひろ》っぱ**…広場《ひろば》。　**こぞう**…親方《おやかた》の家《いえ》に住《す》みこみで技術《ぎじゅつ》を学《まな》ぶ少年《しょうねん》のこと。徒弟《とてい》。

いつもなら、授業《じゅぎょう》がはじまるころは、それはそれは、たいへんなさわぎです。がたがた机《つくえ》をあけたてする、よくおぼえるように、耳《みみ》をふさいで、みんないっしょに、先生《せんせい》のよむあとについて、大《おお》きなこえでくりかえす、あちこちで生徒《せいと》が、がやがやはじめる、「もすこし、しずかにして」といいながら、先生《せんせい》が大《おお》きなものさしで、机《つくえ》をたたく、いろいの音《おと》や声《こえ》が、いっしょになって、おもてのとおりまで、きこえてくるのでした。

ぼくは、このさわぎにまぎれて、先生《せんせい》に見《み》つからないうち、じぶんの席《せき》に、すわりこもうとかんがえていましたが、その日《ひ》は、まるで、ひっそりかんとして、日《にち》ようの朝《あさ》のようにしずかでした。でも、あいている窓《まど》からみると、友《とも》だちはもうみんな席《せき》についており、先生《せんせい》は先生《せんせい》で、いつものように、いかめしい鉄《てつ》の大《だい》じょうぎをこわきにかかえて、あちらへ行《い》ったり、こちらへきたりしていました。ぼくは、戸《と》をあけて、このひっそりとした、教室《きょうしつ》へそっとはいっていくよりほかに、しかたがあり

いろい…口《くち》出《だ》しをすること。干渉《かんしょう》。

ひっそりかん…「ひっそり」に「閑《かん》」の字《じ》が加《くわ》えられたもの。ひじょうに静《しず》かなさま。

ませんでした。そのとき、ぼくがどんなにあかい顔《かお》をして、どんなに、おどおどした様子《ようす》でいたか、だれの目《め》にもよくわかりました。

ところが、それもまったくの、けんとうちがいでした。アメル先生《せんせい》は、おこるどころか、しずかなやさしいこえで、

「はやく、せきにつきなさい。フランツ、おまえのくるのもまたずに、いま、授業《じゅぎょう》をはじめるところだった」

と、おっしゃいました。

ぼくはすぐ、席《せき》につきました。やっとどきどきしていたむねが、おちついて、はじめて先生《せんせい》の顔《かお》をみました。おどろいたことに、先生《せんせい》は、けんのお役人《やくにん》が、さんかんにくる日《ひ》か、卒業式《そつぎょうしき》の日《ひ》でもなければきない、りっぱなフロックコートをきて、こまかく、ひだをとった、胸《むね》かざりをつけ、黒《くろ》い絹《きぬ》のぼうしまでかぶっていました。

けれども、それよりもっともっとおどろいたことは、教室《きょうしつ》のおくの、

フロックコート…男性《だんせい》の昼間用《ひるまよう》の礼服《れいふく》。丈《たけ》が長《なが》く、縞《しま》のズボンと組《く》み合《あ》わせて用《もち》いる。　三角《さんかく》ぼうし…先《さき》のとがった長《なが》めの帽子《ぼうし》。
読本《とくほん》…ここでは、教科書《きょうかしょ》のこと。

いつもはあいたままになっているこしかけに、三角《さんかく》ぼうしを手《て》にもったオーゼーじいさんや、まえの村長《そんちょう》さんや、郵便《ゆうびん》はいたつや、ほかにも、村《むら》のおもだった人《ひと》たちが、だまって、ならんですわっていることでした。

そして、だれもかれも、みんなかなしい顔《かお》をしていました。オーゼーじいさんなんか、ぼろぼろな読本《とくほん》を、ひざの上《うえ》にひろげ、大《おお》きなめがねを、あけた本《ほん》の上《うえ》に、おいていました。

ぼくが、びっくりしているうちに、先生《せんせい》は教壇《きょうだん》にあがって、さっきとおなじ、やさしいこえで、

「みなさん、これがわたしの、さいごの授業《じゅぎょう》です。きょうかぎりもう、この学校《がっこう》でドイツ語《ご》のほか、おしえてはいけないというおふれが、ドイツ国《こく》の都《みやこ》のベルリンからきたのです。あたらしい先生《せんせい》は、あす、おいでになります。きょうがわたしの、みなさんにしてあげる、いちばんしまいの授業《じゅぎょう》です。どうか、よく気《き》をつけてきいてください」

ドイツ語《ご》…いけない…物語《ものがたり》の舞台《ぶたい》であるアルザス地方《ちほう》は、フランス、ドイツ両系《りょうけい》の人々《ひとびと》が住《す》み、度々《たびたび》領土《りょうど》変更《へんこう》が行《おこな》われた。普仏戦争《ふふつせんそう》以前《いぜん》はフランス領《りょう》だったが、戦後《せんご》大部分《だいぶぶん》がプロイセン領《りょう》(自国語《じこくご》はドイツ語《ご》)となった。

このみじかい先生《せんせい》のことばに、ぼくはびっくりしてしまいました。なんだ、いまいましい、あの役場《やくば》のけいじばんにかいてあったのは、このことだったのか。

ああ、ぼくのさいごのフランス語《ご》の授業《じゅぎょう》か。

ぼくは、やっと字《じ》がかけるようになったばかりではないか、それだのに、これっきり勉強《べんきょう》ができないなんて、いまになってみると、学校《がっこう》をなまけて、鳥《とり》の巣《す》をみつけてあるいたり、サール河《がわ》で、氷《こおり》すべりしてあそんだことがうらめしい。

おもえば、さっきまで、いやでいやでたまらなかった、フランス語《ご》も、教科書《きょうかしょ》も、今《いま》では、とてもわかれられそうもない、ふるいお友《とも》だちのような気《き》がしました。アメル先生《せんせい》だってそうだ。先生《せんせい》とわかれてしまうなんて、もう先生《せんせい》に会《あ》えないなんて、そんなことが、ほんとうにあることかしら。ぼくは、ばつをうけたことも、じょうぎでぶたれたことも、わすれてしまいました。

先生《せんせい》もおきのどくだなあ。

先生《せんせい》が、きょうりっぱな服《ふく》をきていらっしゃったのは、このおわかれの、授業《じゅぎょう》のためだったのです。村《むら》のとしよりたちが、ぼくたちの教室《きょうしつ》にきているわけもこれでわかりました。その人《ひと》たちも、これまでに、ちょいちょい学校《がっこう》にこなかったことを、しみじみくやんでいるように見《み》えました。そして、ぼくたちの先生《せんせい》の、四十年《ねん》のおほねおりにたいして、ふかくかんしゃしているようでした。

こんなことをかんがえていたとき、ぼくの名《な》まえをよぶこえがしました。ぼくが暗誦《あんしょう》をするはずでした。ぼくは、まちがわずに、すらすらいえるなら、なんでもやってみようと思《おも》いましたが、ぼくははじめから、わけがわからなくなって、たったまま、机《つくえ》に手《て》をついて、からだをゆすぶっていました。かなしくて、かなしくて、顔《かお》があげられませんでした。

おほねおり…ご足労《そくろう》。ご努力《どりょく》。

ぼくの耳《みみ》には、アメル先生《せんせい》が、こうおっしゃるのが、きこえました。

「わたしは、おまえをしかりなんかしないよ。おまえはもう、十分《じゅうぶん》ばつをうけているからね。——なあに、べつだんにいそぐこともなかろう、あすにしてもよかろう、そう毎日《まいにち》かんがえていたために、ついきょうのようなことになってしまったのだ。いつもいつも、一日《にち》のばしになまけていたことが、つまりみんなをふしあわせにしたのだ。今《いま》になって、よその国《くに》の人《ひと》に、——なんだ、おまえたちは、じぶんの国《くに》のことばも、ろくにはなせないではないか——といわれてもしかたがない。でもこういうことになったのは、フランツ、おまえひとりわるいのではない。わたしはじめ、みんなにせきにんがあるのだ。

きみたちの、おとうさんやおかあさんは、きみたちに、どうしてもものをおぼえさせようとする気《き》がなかった。すこしばかりのお金《かね》を、もうけるために、畑《はたけ》のしごとや工場《こうば》のしごとまでさせたのだ。このわたしにしろそうだ、わたしは、きみたちに勉強《べんきょう》させるかわりに、わたしの庭《にわ》に水《みず》をまかせはしなかっただろうか。わたしは、さかなをつりに行《い》こうと思《おも》ったとき、かまわず学校《がっこう》を休《やす》みにしたじゃないか」

それからはなしがかわって、アメル先生《せんせい》は、フランス語《ご》のはなしをはじめました。先生《せんせい》は、世界《せかい》でいちばん美《うつく》しい、よくととのって、はっきりしたフランスのことばをけっしてわすれてはいけないといいました。そしてこんどは本《ほん》をとりあげて、ぼくたちが、ならっているところを、よんでくださいました。

よくわかるので、ぼくはびっくりしてしまいました。先生《せんせい》のおっしゃることがきょうほどやさしく、おもしろくあたまにはいったことはありません。ぼくは、先生《せんせい》の口《くち》からでるひと言《こと》ひと言《こと》を、こんなに、ちゅういしてきいたこともありませんでした。先生《せんせい》にしても、今《いま》になっては、ごじぶんで知《し》っていることを、みんなおしえてしまいたいと、思《おも》っていらっしゃるようでした。

おはなしがすむと、こんどはお習字《しゅうじ》になりました。お手本《てほん》は、きょうのためにアメル先生《せんせい》がわざわざこしらえてくださったものでした。ぼくたちが、そのお手本《てほん》を机《つくえ》の前《まえ》に、立《た》てかけたところは、まるで、小《ちい》さな旗《はた》が、教室《きょうしつ》じゅうに、ひるがえっているようでした。

みんなは、どんなに、一生《いっしょう》けんめいだったでしょう。それに、そのしずかなことといったら。ペンが紙《かみ》の上《うえ》に音《おと》をたてるほか、物音《ものおと》ひとつしませんでした。

こがねむしが、とんできたこともありました、けれども、だれひとり、よそみをするものはいませんでした。学校《がっこう》の、やねの上《うえ》で、鳩《はと》がくう、くう、ひくくないていました。ぼくはそのこえをききながら、

「いまに、あの鳩《はと》までが、ドイツ語《ご》でなかせられるんじゃないかなあ」

と、かんがえたりしました。

ときどき、じぶんのまえの紙《かみ》から目《め》をはなして見《み》ると、先生《せんせい》は、教壇《きょうだん》に立《た》ったままじいっと、こう、目《め》のなかにでも入《い》れてしまいたそうに、ぼくたちを見《み》ていらっしゃいました。ほんとうにかんがえてみても知《し》れることです。先生《せんせい》は、四十年《ねん》もまえからおなじクラスをうけもって、毎《まい》日《にち》のようにこの教室《きょうしつ》にお立《た》ちになりました。そのあいだかわったことといえば、こしかけや、机《つくえ》が、ながが年《ねん》つかっているうちに、すれて光《ひか》るようになり、校庭《こうてい》のくるみの木《き》が、一年《ねん》ごとに大《おお》きくなり、先生《せんせい》がうえたホップがいまでは屋根《やね》のところまで、のびているだけのはなしなのです。こうしたものとわかれるのは、おきのどくなアメル先生《せんせい》にとって、どんなにつらいことだったでしょう。だって、先生《せんせい》はいもうとさんをつれて、もうさっそくに、あす、この土地《とち》をたって、それなりずっとはなれていってしまいになるのでしたからね。

だけど、先生《せんせい》はがまんして、しまいまで、授業《じゅぎょう》をおつづけになりました。

ホップ…ヨーロッパ原産《げんさん》、アサ科《か》のつる性多年草《せいたねんそう》。ビールの原料《げんりょう》の一《ひと》つとして用《もち》いられることで有名《ゆうめい》。

それなり…そのまま。それっきり。

お習字《しゅうじ》がすむと、歴史《れきし》をべんきょうしました。それから、バ、ブ、ビ、ボ、ビュをうたいました。オーゼーじいさんも、めがねをかけて、りょう手《て》で、読本《とくほん》をもって、みんなといっしょに口《くち》をうごかしていました。おじいさんは、一生《いっしょう》けんめいで、こえが少《すこ》しふるえていました。そのこえをきいて、ぼくたち、みんな笑《わら》いたくなりました。いいえ、泣《な》きたくなりました。ああ、ぼくは、このさいごの授業《じゅぎょう》がいつまでも、わすれられません。

そのとき、きょうかいのとけいが、十二時《じ》をうち、それから「アンジュリユス」のかねの音《ね》がきこえてきました。といっしょに、きょうれんからかえってきたプロシャ兵《へい》のラッパの音《おと》が、きょうしつの窓《まど》の下《した》でたかくひびきました。

アメル先生《せんせい》は、そのとき、青《あお》い顔《かお》をして、教壇《きょうだん》にお立《た》ちになりました。先生《せんせい》があんなにりっぱに見《み》えたことはありません。

「みなさん」

「アンジュリュス」のかね…アンジュリュスとは、キリスト教《きょう》のカトリックで、天使《てんし》による聖母《せいぼ》マリアへの受胎告知《じゅたいこくち》に感謝《かんしゃ》するために、朝《あさ》・正午《しょうご》・夕方《ゆうがた》に行《おこな》われる祈《いの》り。この祈《いの》りの時刻《じこく》を知《し》らせるために鳴《な》らす鐘《かね》のこと。

と、先生《せんせい》はおっしゃいました。

「みなさん、わたしは、わたしは――」

でも、先生《せんせい》は、こえがつまりました。先生《せんせい》は、いおうとなさることを、どうしてもしまいまでいえませんでした。

と、先生《せんせい》は、黒板《こくばん》のほうをむいて、チョークで、ちからいっぱい、できるだけ大《おお》きく、

「フランスばんざい」

と、おかきになりました。

それから、あたまを、かべにじっとおしつけておいでになりました。

やがて半分顔《はんぶんかお》をこちらにむけて、でも、口《くち》でいえないで、手《て》まねであいずをなさいました。

「おしまい……おかえりなさい」

「おお、いやだ！」と、ぼくはつぶやく。

「おお、いやだ！」

かき

アントン・チェーホフ
（神西《じんざい》　清《きよし》・訳《やく》）

アントン・チェーホフ　一八六〇―一九〇四

本作《ほんさく》は作者《さくしゃ》のチェーホフが医師《いし》になった一八八四年《ねん》に書《か》かれたものです。飲食店《いんしょくてん》の貼《は》り紙《がみ》の「かき」という不思議《ふしぎ》な言葉《ことば》の正体《しょうたい》を少年《しょうねん》は父親《ちちおや》にたずねます。生《なま》で食《た》べる物《もの》だと知《し》り、少年《しょうねん》は顔《かお》をしかめますが、食《た》べたくてたまりません。二人《ふたり》の紳士《しんし》が少年《しょうねん》の願《ねが》いをかなえますが……。少年《しょうねん》の心情《しんじょう》や行動《こうどう》がユーモラスに描《えが》かれた作品《さくひん》でありながら、この親子《おやこ》の身《み》の上《うえ》を知《し》ると、患者《かんじゃ》を看《み》る冷静《れいせい》な医師《いし》の目《め》で作者《さくしゃ》が社会《しゃかい》の矛盾《むじゅん》や悲劇《ひげき》を伝《つた》えているように思《おも》われます。

小雨《こさめ》もよいの、ある秋《あき》の夕暮《ゆうぐ》れだった。（ぼくは、あのときのことをはっきりおぼえている）

ぼくは、父《ちち》につれられて、人《ひと》の行《い》き来《き》のはげしい、モスクワの、とある大通《おおどお》りにたたずんでいるうちに、なんだかだんだん妙《みょう》に、気分《きぶん》がわるくなってきた。べつにどこも痛《いた》まないくせに、へんに足《あし》ががくがくして、言葉《ことば》がのどもとにつかえ、頭《あたま》がぐったり横《よこ》にかたむく。……このぶんだと、今《いま》にもぶったおれて、気《き》をうしなってしまいそうなのだ。

このまま入院《にゅういん》さわぎにでもなったとしたら、きっと病院《びょういん》の先生《せんせい》たちは、ぼくのかけ札《ふだ》に、《腹《はら》ぺこ》という病気《びょうき》の名《な》を書《か》き入《い》れたにちがいない。――もっともこれは、お医者《いしゃ》さんの教科書《きょうかしょ》にはのっていない病気《びょうき》なのだけれど。

歩道《ほどう》の上《うえ》には、ぼくと並《なら》んで父《ちち》が立《た》っている。父《ちち》は着古《きふる》した夏外套《なつがいとう》をはおって、白《しろ》っぽい綿《わた》がはみだした毛《け》の帽子《ぼうし》をかぶっている。足《あし》には、

小雨《こさめ》もよいの…小雨《こさめ》になりそうな。
外套《がいとう》…防寒《ぼうかん》のために、洋服《ようふく》の上《うえ》に着《き》るもの。

だぶだぶな重《おも》いオーバーシューズをはいている。父《ちち》は、もともと、見《み》えぼうな性分《しょうぶん》だから、素足《すあし》の上《うえ》にじかにオーバーシューズをはいているのをよその人《ひと》に見《み》られるのが気《き》になるらしく、古《ふる》い皮《かわ》きゃはんをすねの上《うえ》までぐっと引《ひ》っぱりあげた。

ぼくは、父《ちち》のしゃれた夏外套《なつがいとう》がぼろぼろになって、よごれればよごれるほど、よけい父《ちち》が好《す》きになる。かわいそうな父《ちち》は、今《いま》からちょうど五か月《げつ》まえ、都《みやこ》へ出《で》てきて書記《しょき》の口《くち》をさがしていた。それからのまる五か月《げつ》、父《ちち》は市内《しない》をてくてく歩《ある》いて、仕事《しごと》をたのんでまわった。そしてきょう――いよいよ、往来《おうらい》に立《た》って人《ひと》さまにものごいをする決心《けっしん》をしたのだ。

ぼくたちふたりが立《た》っているま向《む》かいに、《飲食店《いんしょくてん》》という青《あお》い看板《かんばん》をかけた三階建《がいだ》ての家《いえ》がある。ぼくは、頭《あたま》がぐったりうしろ横《よこ》へそりかえっているものだから、いやでもおうでも、その飲食店《いんしょくてん》のあかあかと明《あ》かりのともった窓々《まどまど》を見《み》あげないわけにはいかない。その窓々《まどまど》にはおお

オーバーシューズ…防水《ぼうすい》や保温《ほおん》のために靴《くつ》の上《うえ》からはく靴《くつ》。
見《み》えぼうな…外見《がいけん》を飾《かざ》って、人《ひと》によく見《み》られようとする人《ひと》。みえっぱり。
皮《かわ》きゃはん…皮製《かわせい》の脚絆《きゃはん》（防寒《ぼうかん》、保護《ほご》などのためにすねに巻《ま》くもの）。

ぜいの人影《ひとかげ》がちらちらしている。オルガンの右《みぎ》がわも見《み》える。油絵《あぶらえ》が二まい、それから、つりランプもたくさん見《み》える。

窓《まど》の一《ひと》つをじっと見《み》つめているうちに、ぼくは、ふとなにやら白《しろ》っぽい斑点《しみ》に気《き》がつく。そのしみは、ちっとも動《うご》かずいちめんに暗《くら》い茶色《ちゃいろ》をした背景《はいけい》の上《うえ》に、四角《しかく》い輪廓《りんかく》をくっきり浮《う》きたたせている。ぼくは目《め》をこらして、じっと見《み》つめる。すると、そのしみが壁《かべ》の白《しろ》いはり紙《がみ》だとわかってくる。はり紙《がみ》には、何《なに》か書《か》いてあるが、何《なに》が書《か》いてあるのか見《み》えない。……

半時間《はんじかん》ほど、ぼくはそのはり紙《がみ》とにらめっこをする。その白《しろ》さに、ぼくの目《め》はすいつけられ、ぼくの脳《のう》みそは催眠術《さいみんじゅつ》にかかったようになる。ぼくは読《よ》もうとりきむが、いくらりきんでもだめだ。

とうとうえたいの知《し》れない病気《びょうき》が、わがもの顔《がお》にあばれはじめる。馬車《ばしゃ》の音《おと》が、かみなりの音《おと》のように思《おも》われてくる。往来《おうらい》にただよう、

往来《おうらい》…人《ひと》や乗《の》り物《もの》の行《い》き来《き》する道路《どうろ》。

ものごい…人《ひと》にものをめぐんでもらうこと。また、その人《ひと》。

りきむ…体《からだ》に力《ちから》を入《い》れること。意気《いき》ごむこと。

むっとするにおいの中《なか》に、ぼくはいく百《ひゃく》いく千《せん》のちがったにおいをかぎわける。ぼくの目《め》には、飲食店《いんしょくてん》のランプや街灯《がいとう》の光《ひかり》が、目《め》もくらむばかりの稲妻《いなずま》とうつる。ぼくの五感《ごかん》はいつもの五倍《ばい》も十倍《ばい》も働《はたら》きだす。そして、それまで見《み》えなかったものが見《み》えはじめる。

「か・き……」——と、ぼくは、はり紙《がみ》の字《じ》を読《よ》む。

ふしぎな言葉《ことば》だ！　ぼくは、この地上《ちじょう》に満《まん》八年《ねん》と三か月生《げつい》きてきたのだが、今《いま》まで一度《いちど》も、こんな言葉《ことば》は聞《き》いたことがない。なんのことだろう？　飲食店《いんしょくてん》の主人《しゅじん》の名《な》まえかしら？　いやいや、名《な》まえを書《か》いた表札《ひょうさつ》なら、戸口《とぐち》にかけてあるのがふつうで、壁《かべ》にはったりするはずがない！

「とうちゃん、かい、かきってなあに？」——ぼくは、顔《かお》を父《ちち》のほうに向《む》けようとりきみながら、かすれた声《こえ》でたずねる。

けれども、父《ちち》には聞《き》こえない。父《ちち》は、じっと人波《ひとなみ》を見《み》つめ、行《ゆ》きかうひとびとをひとりひとり見送《みおく》っている。……その目《め》つきから、ぼくは父《ちち》が通行人《つうこうにん》に何《なに》か話《はな》しかけようとしているのがわかる。「どうぞ、おめぐみを」というつらい言葉《ことば》は、重《おも》い分銅《ふんどう》のように、父《ちち》のふるえるくちびるにひっかかって、どうしてもとびださない。一度《いちど》など、父《ちち》は、通行人《つうこうにん》のひとりを追《お》って一足《ひとあし》ふみだし、その人《ひと》の袖《そで》にさわりさえした。ところが、その人《ひと》がふり向《む》くと、父《ちち》は、「失礼《しつれい》しました」とひとことといって、へどもどしながらあとずさりした。

「とうちゃん、かきってなあに？」と、ぼくはくりかえす。

「そういう生《い》きものだよ。……海《うみ》にいるな……」

ぼくは、とたんに、この見《み》たことのない海《うみ》の生《い》きものを、心《こころ》の中《なか》でえがいてみる。それは、きっと、さかなとえびのあいのこにちがいない。そして、海《うみ》の生《い》きものというからには、それを使《つか》って、かおりの高《たか》いこしょうや月桂樹《げっけいじゅ》の葉《は》を入《い》れた、とてもおいしい熱《あつ》いスープだの、軟骨《なんこつ》を入《い》れたややすっぱい肉《にく》のスープだの、えびソースだの、わさびをそえた

へどもどしながら…どうしてよいかわからず、まごまごしながら。
月桂樹《げっけいじゅ》…クスノキ科《か》の常緑樹《じょうりょくじゅ》。枝葉《えだは》に芳香《ほうこう》があり、乾燥《かんそう》させた葉《は》は香辛料《こうしんりょう》として煮込《にこ》み料理《りょうり》に用《もち》いられる。ローリエ。ベイリーフ。

ひやし料理《りょうり》などをこしらえるにちがいない。……ぼくは、この生《い》きものを市場《いちば》から運《はこ》んできて、大《おお》いそぎできれいに洗《あら》い、大《おお》いそぎでおなべの中《なか》に入《い》れる光景《こうけい》を、ありありと思《おも》い浮《う》かべる。……大《おお》いそぎで、大《おお》いそぎで……みんな、早《はや》く食《た》べたがっているのだから。……とっても食《た》べたがっているのだから！　料理場《りょうりば》から、焼《や》きざかなや、えびスープのにおいが、ぷんとにおってくる。

そのにおいが上《うわ》あごや鼻《はな》の穴《あな》をくすぐって、だんだんからだじゅうにしみわたっていくのを、ぼくは感《かん》じる。……飲食店《いんしょくてん》も、父《ちち》も、あの白《しろ》いはり紙《がみ》も、ぼくの袖《そで》も——何《なに》もかも、このにおいがする。あまり強《つよ》くにおうものだから、ぼくはついかみはじめる。かんで、ごくりと飲《の》みこむ——まるで、ぼくの口《くち》の中《なか》に、ほんとうに、あの海《うみ》の生《い》きものがひときれはいっているかのように……

ああ、おいしいな、と思《おも》ったとたんに、ぼくの足《あし》ががくんとまがった。

ひやし料理《りょうり》…氷《こおり》や水《みず》で冷《ひ》やしたつめたい料理《りょうり》のこと。

ぼくはたおれないように、父《ちち》の袖《そで》をつかんで、父《ちち》のしっとりぬれた夏外《なつがい》套《とう》にすがりつく。父《ちち》は、からだをふるわせて、ちぢこまっている。寒《さむ》いのだ。

「とうちゃん、かきって精進料理《しょうじんりょうり》なの、それとも、なまぐさ料理《りょうり》なの？」と、ぼくはたずねる。

「生《い》きたまま食《た》べるのさ。……」と、父《ちち》がいう。「かめのように、かたいからをかぶっているんだよ。もっとも……二枚《まい》のからだがね」

おいしいにおいは、とたんに、ぼくのからだをくすぐるのをやめ、まぼろしは消《き》えうせる。……なんだ、そうなのか！

「おお、いやだ！」と、ぼくはつぶやく。「おお、いやだ！」

それが、かきというものだったのか！　ぼくは、かえるのような動物《どうぶつ》を思《おも》い浮《う》かべる。一匹《ぴき》のかえるがからの中《なか》にうずくまって、そこから大《おお》きなぎらぎら光《ひか》る二《ふた》つの目《め》を見《み》はりながら、気味《きみ》のわるいあごをもぐも

精進料理《しょうじんりょうり》…肉《にく》や魚《さかな》は用《もち》いず、野菜《やさい》や豆腐《とうふ》など植物性《しょくぶつせい》の材料《ざいりょう》で作《つく》られた料理《りょうり》。

なまぐさ料理《りょうり》…なまぐさもの（肉《にく》や魚《さかな》などなまぐさい臭《にお》いのするもの）で作《つく》られた料理《りょうり》。

ぐ動《うご》かしている。それからぼくは、からをかぶり、はさみをもち、両眼《りょうめ》をぎらぎらかがやかせ、つるつるした皮膚《ひふ》におおわれた、この生《い》きものを市場《いちば》から運《はこ》んでくるありさまを、心《こころ》にえがいてみる。……子《こ》どもたちは、みんなかくれる。料理女《りょうりおんな》は、気味《きみ》わるそうに顔《かお》をしかめながら、その生《い》きもののはさみをつかんで皿《さら》の上《うえ》にのせ、食堂《しょくどう》に運《はこ》ぶ。おとなの人《ひと》たちが、それを取《と》って食《た》べる。……生《い》きたまま、目玉《めだま》も、歯《は》も、足《あし》もそろったやつを！　その生《い》きものは、きゅうきゅう鳴《な》いて、くちびるにかみつこうともがく。……

ぼくは、顔《かお》をしかめる。だが……それなのに、なぜぼくの歯《は》は、ひとりでにかみはじめるのだろう？　見《み》るもいやな、おそろしい動物《どうぶつ》ではないか！　それなのに、ぼくは食《た》べる。味《あじ》やにおいを考《かんが》えまいとしながら、がつがつ食《た》べる。一匹《ぴき》めをたいらげる。すると、二匹《ひき》め、三匹《びき》めのぎらぎら光《ひか》る目《め》が、目《め》にうつる。……ぼくはそれも食《た》べる。……しまいには、ナプキンも、皿《さら》も、父《ちち》のオーバーシューズも、あの白《しろ》いはり紙《がみ》も食《た》べる。……目《め》にはいるかぎりのものを食《た》べる。――食《た》べさえすれば、ぼくの病《びょう》気《き》がおさまるような気《き》がするのだ。かきは、目《め》をむいてにらむ。見《み》るのさえいやだ。かきのことを考《かんが》えると、ぼくはぶるぶるふるえてくる。が、ぼくは食《た》べたい！　食《た》べずにはいられない！

「かきをおくれよ！　ぼくにかきをおくれよお！」という叫《さけ》びが、胸《むね》をついて出《で》る。ぼくは両手《りょうて》を前《まえ》へさしのべる。

「どうぞ、おめぐみを、だんなさま！」ちょうど、そのとき、うつろな、のどをしめつけられたような父《ちち》の声《こえ》が聞《き》こえる。「お恥《は》ずかしいしだいですが、どうもはや、精《せい》も根《こん》もつきはてましたんで！」

「かきをおくれよ！」父《ちち》の服《ふく》のすそを引《ひ》っぱりながら、ぼくはさけぶ。

「ほほう、おまえがかきを食《く》うのかい？　こんな子《こ》どもが！」そばで、笑《わら》い声《ごえ》が聞《き》こえる。

うつろな…生気《せいき》を失《うしな》ってはっきりしない。ぼんやりした。
精《せい》も根《こん》もつきはてました…ものごとをする精力《せいりょく》も根気《こんき》もすべて使《つか》いはたし、何《なに》もする気《き》がなくなってしまった。

ぼくたちのまん前《まえ》に、山高帽《やまたかぼう》をかぶったふたりの紳士《しんし》が立《た》って、笑《わら》いながらぼくの顔《かお》をのぞきこむ。

「おい、ちび公《こう》、おまえがかきを食《く》うのかね？　ほんとかい？　こりゃおもしろい！　おまえの食《た》べっぷりを拝見《はいけん》しようかね！」

だれかのがっしりした手《て》が、ぼくをあかあかと明《あ》かりのともった飲食《いんしょく》店《てん》へ引《ひ》っぱっていったのを、ぼくはおぼえている。すぐに、おおぜいの人《ひと》が、ぼくのまわりに集《あつ》まって、さもものめずらしそうに笑《わら》いざわめきながら、ぼくを見守《みまも》る。ぼくは、テーブルにすわって、なにやらすべすべしてしおからい、水《みず》っぽくてかびくさいものを食《た》べはじめる。自分《じぶん》が、何《なに》を食《た》べているか、見《み》ようともしなければ、知《し》ろうともしないで、ぼくはかまずにがつがつ食《た》べる。目《め》をあけたがさいご、きっとぎらぎら光《ひか》る目玉《めだま》や、はさみや、とがった歯《は》が見《み》えるにちがいない——そんな気《き》がするのだ。……

山高帽《やまたかぼう》…男性《だんせい》の礼服《れいふく》の一《ひと》つで、フェルトでかたく仕立《した》てられ、上部《じょうぶ》の山《やま》が高《たか》くて丸《まる》いつばのある帽子《ぼうし》。山高帽子《やまたかぼうし》。

ぼくは、ふいに、何《なに》かかたいものをかみはじめる。がりがり、と音《おと》がする。

「ははは！　この子《こ》は、からまで食《く》うぜ！」と、みんなが笑《わら》う。「ばかめ、そんなものが食《く》えるかい！」

それから、ぼくがおぼえているのは、おそろしいのどのかわきだ。寝《しん》台《だい》に寝《ね》ていても、胸《むね》焼《や》けと焼《や》けつくような口《くち》の中《なか》の妙《みょう》な味《あじ》のために、寝《ね》つくことができない。父《ちち》は、部《へ》屋《や》をすみからすみへと歩《ある》きながら、しきりに両《りょう》手《て》をふりまわしている。

「かぜをひいたらしいぞ」と、父《ちち》はつぶやく。「頭《あたま》がどうもそんな感《かん》じだ。……まるで、頭《あたま》の中《なか》にだれかすわっているみたいだ。……ひょっとすると、こいつはわしが……その……きょうなんにも食《た》べなかったせいかもしれん。……じっさい、わしは、なんて妙《みょう》ちきりんな、ばか者《もの》だろう。……あのだんなたちが、かきの代《だい》金《きん》に大《たい》枚《まい》

妙《みょう》ちきりん…妙《みょう》ちくりんに同《おな》じ。普《ふ》通《つう》とちがって、大《たい》変《へん》変《か》わっていること。

十ルーブルをはらうのを、この目《め》で見《み》ていながら、なんだって、わしは、そばによって、いくらかでも……ちょっと貸《か》してください――とたのんでみる気《き》にならなかったのだ？　きっと、貸《か》してくれたろうに」

明《あ》けがた近《ちか》く、ぼくは、やっとうとうとしだして、はさみをもったかえるの夢《ゆめ》を見《み》る。かえるは、からの中《なか》にすわって、目玉《めだま》をぎょろつかせる。昼《ひる》ごろ、ぼくはのどがかわいて目《め》をさます。目《め》で父《ちち》をさがすと、父《ちち》はあいかわらず歩《ある》きながら、両手《りょうて》をふりまわしている。……

ルーブル…ロシアの通貨単位《つうかたんい》。

一《いっ》しょう懸命《けんめい》になって、このめずらしい盗人《ぬすびと》の為事《しごと》を見《み》ていた月《つき》は、
「まあ、よかった」と、ほとんど声《こえ》に出《だ》していうところであった。

塔《とう》の上《うえ》の鶏《にわとり》

ヘルベルト・オイレンベルク
（森《もり》 鷗外《おうがい》・訳《やく》）

ヘルベルト・オイレンベルク　一八七六―一九四九

作者《さくしゃ》のオイレンベルクはドイツの小説家《しょうせつか》、劇作家《げきさっか》です。題名《だいめい》の「塔《とう》の上《うえ》の鶏《にわとり》」というのは教会《きょうかい》や洋館《ようかん》で見《み》ることのできる風見《かざみ》鶏《どり》のことです。銅《あかがね》の鶏《にわとり》がクリスマスの二夜目《ふたよめ》に盗《ぬす》まれるという大騒動《おおそうどう》が小《ちい》さな村《むら》でおこります。この事件《じけん》をめぐって、犯人《はんにん》の行動《こうどう》や言動《げんどう》に村人《むらびと》たちはどのように反応《はんのう》したでしょうか。唯一《ゆいいつ》の目撃者《もくげきしゃ》である月《つき》が泥棒《どろぼう》の守護神《しゅごしん》として、一部始終《いちぶしじゅう》をあたたかく見守《みまも》る様子《ようす》はほほえましい感《かん》じさえしてきます。

村中大騒動《むらじゅうおおそうどう》である。不思議《ふしぎ》な古来未曽有《こらいみぞう》の事件《じけん》が出来《しゅったい》した。それはクリスマスの二夜目《ふたよめ》に、お寺《てら》の塔《とう》の尖《さき》についていた、銅《あかがね》の鶏《にわとり》を盗《ぬす》んだものがあるのである。村民一同《そんみんいちどう》みな自分《じぶん》の頭《あたま》を亡《な》くしたように思《おも》っている。盗《ぬす》まれたことに、最初《さいしょ》に気《き》のついたのは、毎朝斬髪屋《まいあさざんぱつや》の主人《しゅじん》といっしょに、鐘《かね》をつきに塔《とう》にのぼってゆく、お寺《てら》の鐘《かね》つき男《おとこ》であった。

鐘《かね》つき男《おとこ》はその朝戸口《あさとぐち》に出《で》て、いつものように楽《たの》しげにお寺《てら》をながめようとして、気《き》がついて、こういった。

「たいへんだ。塔《とう》の上《うえ》の鶏《にわとり》が飛《と》んで逃《に》げた」　斬髪屋《ざんぱつや》の主人《しゅじん》は、軽《かる》い斜視《すがめ》をもっている男《おとこ》であるが、首《くび》を傾《かし》げて、まぶしそうに仰向《あおむ》いてみて、やっぱりこの恐《おそ》るべき事件《じけん》を発見《はっけん》して、「なるほど」といおうとしたが、口《くち》を大《おお》きく開《あ》いたままで、なんともいうことができなかった。

鶏《にわとり》がどこか落《お》ちていはしないかと思《おも》って、二人《ふたり》は最初駈《さいしょか》け足《あし》でお寺《てら》のまわりをさがしてみた。二度目《にどめ》には、ゆっくりすみずみに目《め》を配《くば》ってさ

未曽有《みぞう》…今《いま》までに一度《いちど》もなかったこと。たいへん珍《めずら》しいこと。
銅《あかがね》の鶏《にわとり》…銅《どう》でできた風見鶏《かざみどり》（鶏《にわとり》の形《かたち》をした風向計《ふうこうけい》）。
斬髪屋《ざんぱつや》…床屋《とこや》。

がした。とうとう三度《さんど》さがしたが見《み》つからなかった。

こんな非常《ひじょう》な事件《じけん》のある日《ひ》に、鐘《かね》をつくのにかまってはいられないというので、斬髪屋《ざんぱつや》はそっとその場《ば》をはずして、それから村中《むらじゅう》を走《はし》りまわった。十五分《ふん》たたないうちに、村中《むらじゅう》に鶏紛失《にわとりふんしつ》の事件《じけん》を知《し》らないものはなかった。

老若男女《ろうじゃくだんじょ》、一人《ひとり》も残《のこ》らず、門口《かどぐち》に出《で》て、昨日《きのう》まで気《き》にも留《と》めなかった、塔《とう》の上《うえ》の鶏《にわとり》のいなくなった跡《あと》をながめている。不思議《ふしぎ》なのは、いた間《あいだ》たれも見《み》ようとはしなかった鶏《にわとり》をいなくなったので見《み》ようとしていることである。鶏《にわとり》は忽然《こつぜん》この村《むら》の大事《だいじ》なものになった。鶏《にわとり》が亡《な》くなったために人《ひと》がみな悲《かな》しそうな顔《かお》をしている。ちょうど一国《いっこく》の王《おう》が亡《な》くなったようなものである。

もっとも悲《かな》しいこととして感《かん》ぜられるのは、亡《な》くなった鶏《にわとり》のありかが知《し》れないことである。村中《むらじゅう》の家《いえ》と人《ひと》とを見《み》おろしていた、美《うつく》しい銅《あかがね》の鶏《にわとり》

たれ…だれ（誰《だれ》）の古《ふる》いいい方《かた》。
忽然《こつぜん》…物《もの》ごとが急《きゅう》に起《お》こる様子《ようす》。たちまち。
狡猾《こうかつ》…ずるがしこいこと。

がどこへ行《い》ったか知《し》れないことである。二三の信者《しんじゃ》の説《せつ》では、あの鶏《にわとり》は何代《なんだい》も前《まえ》の先祖《せんぞ》のいたころから、塔《とう》の上《うえ》で、日《ひ》に照《て》らされ雨《あめ》に打《う》たれていて、もうだいぶ老衰《ろうすい》していたから、クリスマスの晩《ばん》に、神《かみ》さまがお引《ひ》き取《と》りなされたのではあるまいかということである。またある狡猾《こうかつ》な男《おとこ》の説《せつ》では、当世人間《とうせいにんげん》が空中《くうちゅう》を飛行《ひこう》することが流行《はや》るから、夜《よる》そういうやつが虚空《こくう》を飛《と》んできて、あの塔《とう》の上《うえ》の美《うつく》しい銅《あかがね》の鶏《にわとり》を盗《ぬす》んだのではあるまいかということである。あとの方《ほう》の説《せつ》を主張《しゅちょう》している男《おとこ》は、すべての飛行家《ひこうか》を相手取《あいてど》って公事《くじ》を起《お》こしたいように思《おも》っているらしい。

しかしそんなことは実行《じっこう》しにくい。そこで村中《むらじゅう》が罪《つみ》の持《も》っていきどころに困《こま》って、とうとう夜番《よばん》の爺《じい》さんをつかまえた。爺《じい》さんは夜《よる》、兎《うさぎ》のように目《め》をあいて、村中《むらじゅう》を見《み》ていなくてはならない。その目《め》があの鶏《にわとり》の盗《ぬす》まれたとき閉《と》じられていたにちがいないというのである。

爺《じい》さんのいうには、たぶん鶏《にわとり》の盗《ぬす》まれたときであっただろう、お寺《てら》の

当世《とうせい》…今《いま》の世《よ》の中《なか》。いまどき。今日《こんにち》。
公事《くじ》…ここでは、訴訟《そしょう》およびその裁判《さいばん》のこと。
夜番《よばん》…夜寝《よるね》ずに見廻《みまわ》りをすること、またそれを仕事《しごと》とする人《ひと》。夜警《やけい》。

あるところと反対《はんたい》の方角《ほうがく》にあたる村《むら》はずれに、無籍《むせき》ものをつかまえに行《い》っていたということである。

ところが、だんだんくわしく夜番《よばん》のことを調《しら》べてみると、この爺《じい》さんは就職以来毎晩村《しゅうしょくいらいまいばんむら》の料理屋《りょうりや》で午前《ごぜん》二時《じ》ごろまで飲《の》んでいて、それからは朝《あさ》までベルンハルジイネル犬《いぬ》といっしょに、藁布団《わらぶとん》の上《うえ》に寝《ね》ているということがわかった。そこで爺《じい》さんは免職《めんしょく》になった。それから村中《むらじゅう》の子《こ》どもがこの爺《じい》さんを、下目《しため》には見《み》ないが、下《した》から見上《みあ》げて軽蔑《けいべつ》している。

実《じつ》は村中《むらじゅう》であの恐《おそ》ろしい夜《よ》なかに、高《たか》い塔《とう》の上《うえ》の鶏《にわとり》を盗《ぬす》んだ人《ひと》を知《し》っているものが二人《ふたり》しかない。一人《ひとり》は村《むら》の上《うえ》に照《て》っている月《つき》で、今一人《いまひとり》は裁縫職《さいほうしょく》プロルという男《おとこ》である。このプロルが盗《ぬす》んだ本人《ほんにん》である。

ちょうどあの恐《おそ》ろしい晩《ばん》には、月《つき》が下弦《かげん》になっていて、自分《じぶん》の顔《かお》のいびつになっているのを、人《ひと》に見《み》られたくないのでぐずぐずしていておそくのぼった。のぼってみると、もうちっぽけな裁縫屋《さいほうや》の主人《しゅじん》が、塔《とう》のだ

無籍《むせき》もの…得体《えたい》の知《し》れない人物《じんぶつ》。　**下目《しため》には見《み》ない**…見下《みさ》げはしない。侮《あなど》ったりしない。　**裁縫職《さいほうしょく》**…洋服《ようふく》の仕《し》立《た》てを職業《しょくぎょう》とする人《ひと》。
下弦《かげん》…満月《まんげつ》から新月《しんげつ》の間《あいだ》の、左半分《ひだりはんぶん》がかがやいて見《み》える月《つき》。

いぶ高《たか》いところを、尖《さき》に達《たっ》しようとして、はいのぼっている最中《さいちゅう》であった。察《さっ》するに、裁縫屋《さいほうや》はお寺《てら》の扉《とびら》をつたってのぼって、それから窓《まど》の側《そば》の壁《かべ》を、材木《ざいもく》に足《あし》をかけてのぼって、塔《とう》にかかっている火《ひ》の見梯子《みばしご》をのぼるという順序《じゅんじょ》に塔《とう》の上《うえ》に達《たっ》したのだろう。今《いま》は汗《あせ》をたらたら流《なが》して、塔《とう》のスレエト屋根《やね》の上《うえ》を溝《みぞ》のようになっているところに沿《そ》うて、スレエト葺《ぶ》きの職工《しょっこう》が足場《あしば》にする桁《けた》や鉤《かぎ》に足《あし》をかけて、両手《りょうて》で避雷針《ひらいしん》の針金《はりがね》をにぎって、それを力《ちから》に体《からだ》をもち上《あ》げるようにして、高《たか》く高《たか》くと心《こころ》がけてのぼっている。月《つき》はこの小《ちい》さい痩《や》せ男《おとこ》が、寝巻《ねま》きのシャツ一《ひと》つになって、格子《こうし》縞《じま》のずぼんを、緑色《みどりいろ》の刺繍《ししゅう》のしてあるずぼん吊《つ》りでつって、鼠色《ねずみいろ》の沓足《くった》袋《び》をはいて、窓硝子《まどガラス》に留《と》まった蠅《はえ》のように、大《おお》きい高《たか》い塔《とう》にのぼってゆくのを見《み》て、眩暈《めまい》がしそうになった。裁縫屋《さいほうや》が蜘蛛《くも》のような細《ほそ》い足《あし》を踏《ふ》み広《ひろ》げて、高《たか》く高《たか》くとのぼるのを見《み》て、月《つき》は「やれやれ落《お》ちて頸《くび》の骨《ほね》を折《お》らねばいいが」と思《おも》った。「あの鉤《かぎ》の打《う》ってある材木《ざいもく》は少《すこ》し朽《く》ちかか

火《ひ》の見梯子《みばしご》…火災《かさい》を発見《はっけん》するために設《もう》けた梯子《はしご》。　**スレエト屋根《やね》**…スレート（セメントに石綿《いしわた》などを混《ま》ぜて作《つく》った）で葺《ふ》いた屋根《やね》。

避雷針《ひらいしん》…落雷《らくらい》による被害《ひがい》を防《ふせ》ぐために、建物《たてもの》の上《うえ》に立《た》てる金属《きんぞく》の棒《ぼう》。

っている。あぶないから、少《すこ》し照《て》らしてみせてやろう。どうせおれは盗《どろ》坊《ぼう》の守護神《まもりがみ》だ。手長《てなが》め。しっかりしろよ。もう一足《ひとあし》だ」と月《つき》は、力《ちから》を添《そ》えたのである。

そのうち裁縫屋《さいほうや》はいちばん上《うえ》のはずれの鉤《かぎ》に足《あし》を踏《ふ》みかけて、塔《とう》の絶《ぜっ》頂《ちょう》に立《た》った。心《しん》の臓《ぞう》は砧《きぬた》の上《うえ》の槌《つち》のようにおどっている。髪《かみ》の毛《け》は湯《ゆ》から上《あ》がったときのように、汗《あせ》に濡《ぬ》れて額《ひたい》にこびりついている。下《した》の方《ほう》を見《み》ることはあえてしない。見《み》たら恐《おそ》ろしさに、自分《じぶん》の影《かげ》とかさなり合《あ》って、転《ころ》がり落《お》ちるにちがいないと思《おも》っている。

そこで気《き》おくれがして震《ふる》いながら左《ひだり》の臂《ひじ》を、ちょうど恋人《こいびと》の体《からだ》を抱《だ》くように、塔《とう》の尖《さき》にからんで、そして右《みぎ》の手《て》で、ずぼんの隠《かく》しから鑢《やすり》を取《と》り出《だ》して、塔《とう》の尖《さき》に半田鑞《はんだろう》でつけてある鶏《にわとり》をすり切《き》ろうとした。この沈《ちん》黙《もく》している、銅《あかがね》の鶏《にわとり》は爪二《つめふた》つで鑞着《ろうちゃく》せられているのである。この時間《じかん》のかかる、骨《ほね》の折《お》れる為事《しごと》をしているうちに、踏《ふ》んでいるスレエト一枚《まい》が

(113ページ)**格子縞《こうしじま》**…チェック。　**沓足袋《くつたび》**…靴下《くつした》。　**手長《てなが》**…ここでは盗人《ぬすびと》の意《い》。　**砧《きぬた》の上《うえ》の槌《つち》のように**…砧《きぬた》は槌《つち》で布《ぬの》を打《う》ちたたいてやわらかくする際《さい》に使《つか》う台《だい》のこと。興奮《こうふん》して心臓《しんぞう》がどきどきしているという意《い》。

釘《くぎ》から脱《はず》れて、するすると下《した》へすべりはじめた。も少《すこ》しでプロルもびっくりして、そのスレエトといっしょにすべりそうであった。幸《さいわ》いにこのとたんに、最後《さいご》の鑢《やすり》の一摩《ひとす》りが功《こう》を奏《そう》して、鶏《にわとり》が死《し》んだように、頭《あたま》を下《した》にして倒《たお》れかかって、左《ひだり》の手《て》の平《ひら》に当《あ》たった。裁縫屋《さいほうや》はそれをしっかりつかんだ。

一《いっ》しょう懸命《けんめい》になって、このめずらしい盗人《ぬすびと》の為事《しごと》を見《み》ていた月《つき》は、「まあ、よかった」と、ほとんど声《こえ》に出《だ》していうところであった。さて裁縫屋《さいほうや》があえぎあえぎ盗品《とうひん》を抱《かか》えて、同《おな》じ道《みち》を降《お》りてゆくのを照《て》らしてやった。ちょうど軽《かる》い、暖《あたた》かい、西風《にしかぜ》が起《お》こって、鼾《いびき》のようにきれぎれに、塔《とう》をめぐって鳴《な》っている。プロルは月明《つきあ》かりで、スレエトの一枚《まい》一枚《まい》、鉤《かぎ》や釘《くぎ》の一本《ぽん》一本《ぽん》をていねいに見《み》て降《お》りてゆく。自分《じぶん》の黒《くろ》い影法師《かげぼうし》が、上《うえ》になったり下《した》になったり、長《なが》くなったり短《みじか》くなったりしてついてくる。熱《ねっ》している左《ひだり》の手《て》で、避雷針《ひらいしん》の針金《はりがね》をにぎって、手《て》の平《ひら》の皮《かわ》のす

隠《かく》し…ポケット。　**半田鑞《はんだろう》**…金属《きんぞく》の接合《せつごう》などに使《つか》うハンダのこと。
為事《しごと》…仕事《しごと》に同《おな》じ。作業《さぎょう》。
功《こう》を奏《そう》して…ことが成就《じょうじゅ》して。成功《せいこう》して。

りむけそうになるのも厭《いと》わずに、盗《ぬす》んだ雄鶏《おんどり》の重《おも》いのを、誇《ほこ》りかに右《みぎ》の手《て》にささげもって、プロルはそろそろ降《お》りてくる。鼠色《ねずみいろ》のスレエトの塔《とう》が、月《つき》に照《て》らされて黄金色《こがねいろ》に見《み》えている。風《かぜ》は、冬《ふゆ》になってから鳥《とり》のいなくなった鳥《とり》の巣《す》の外《そと》へ食《は》み出《だ》している草《くさ》の茎《くき》を死人《しにん》の髪《かみ》をもてあそぶように、ひらひらと吹《ふ》きなびかせている。棟《むね》に沿《そ》うて、日《ひ》や風《かぜ》の当《あ》たらないところには、最近《さいきん》に降《ふ》った雪《ゆき》の一帯《いったい》が、砂糖《さとう》をまきかけたように薄《うす》く、スレエトの上《うえ》に残《のこ》っている。そのそばをプロルは、汗《あせ》をかいたり慄《ふる》えたりしながら、鉤《かぎ》から鉤《かぎ》へとつたって降《お》りてくる。

やっと降《お》りて、広《ひろ》い、堅固《けんご》な地面《じめん》を、疲《つか》れて震《ふる》う足《あし》で踏《ふ》みしめたとき、プロルは今冠《いまかんむり》をうばわれた気《き》の毒《どく》な高《たか》い塔《とう》を、自分《じぶん》で自分《じぶん》を称讃《しょうさん》しながら、仰向《あおむ》いてみた。大戦役《だいせんえき》に捷《かち》をえた将軍《しょうぐん》のような心持《こころも》ちである。

さて哀《あわ》れげに頭《あたま》と鶏冠《とさか》とを垂《た》れている、銅《あかがね》の大鶏《おおにわとり》を、腋《わき》の下《した》にしっかり抱《かか》えこんで、空虚《くうきょ》な響《ひび》きをたてる街《まち》を踏《ふ》んで、まっすぐにわが家《や》の内《うち》、

厭《いと》わず…いやがらず。きらって避《さ》けることなく。
誇《ほこ》りかに…ほこらしげに。得意顔《とくいがお》に。
大戦役《だいせんえき》に捷《かち》をえた…大《おお》きな戦争《せんそう》に勝利《しょうり》した。

わが床《とこ》の上《うえ》へ帰《かえ》った。しいて寝《ね》る、幅《はば》の広《ひろ》い藁《わら》布団《ぶとん》の下《した》に、この年寄《としよ》った大鶏《おおにわとり》を忍《しの》ばせておいて、プロルは興奮《こうふん》のあまりに、くだけたようになっている体《からだ》を、床《とこ》の上《うえ》に横《よこ》たえた。昔《むかし》から戦利品《せんりひん》の上《うえ》に身《み》を横《よこ》たえて、幸福《こうふく》な眠《ねむ》りをむさぼった戦勝者《せんしょうしゃ》は多《おお》かろうが、この裁縫屋《さいほうや》が、盗《ぬす》んできた鶏《にわとり》の上《うえ》に寝《ね》た心持《こころも》ちに較《くら》べると、その戦勝者《せんしょうしゃ》の心持《こころも》ちはたしかに劣《おと》っていたのであろう。

いったいこの気《き》の毒《どく》なほど気《き》の弱《よわ》い裁縫屋《さいほうや》の主人《しゅじん》が、どうしてこんな偉大《いだい》な企《くわだ》てをしたのだろう。生《う》まれてから六十年余《ねんあま》り、この自治団体《じちだんたい》の平和《へいわ》を愛《あい》する一人《いちにん》として住《す》んでいる男《おとこ》が、どうしてその団体《だんたい》の冠冕《かんべん》たる塔《とう》の尖《さき》の鶏《にわとり》を、盗《ぬす》むことをあえてしたのだろう。

プロルは平生《へいぜい》から尋常一般《じんじょういっぱん》の村民《そんみん》ではなかった。この男《おとこ》は政治《せいじ》が好《す》きであった。おりおり辻《つじ》に立《た》って、声高《こわだか》にこんなことをいうのを聞《き》いた人《ひと》がある。「あれでもビスマルクがうまくやったといえるかしらん」とか、

冠冕《かんべん》…冕冠《べんかん》に同《おな》じ。天子《てんし》が儀礼《ぎれい》の際《さい》にかぶる冠《かんむり》のこと。ここでは象徴《しょうちょう》の意《い》。
平生《へいぜい》…ふだん。常日《つねひ》ごろ。　**尋常一般《じんじょういっぱん》**…ごく普通《ふつう》の。　**辻《つじ》**…十字路《じゅうじろ》。
ビスマルク…1815－1898。ドイツ統一《とういつ》を達成《たっせい》し、ドイツ帝国初代宰相《ていこくしょだいさいしょう》となった。

また「どうもアフリカの状況《じょうきょう》は、ここからは十分《じゅうぶん》に見渡《みわた》しがつかないですよ」とかいうような詞《ことば》を聞《き》いたのである。

この男《おとこ》は女房《にょうぼう》の生《い》きている間《あいだ》は、女房《にょうぼう》に対《たい》して、あたかも国務大臣《こくむだいじん》の議会《ぎかい》に対《たい》するような態度《たいど》をしていた。何時間《なんじかん》にわたる、政治上《せいじじょう》の演説《えんぜつ》や説明《せつめい》をでも、女房《にょうぼう》は一言《いちごん》の反対《はんたい》もせずに謹聴《きんちょう》していた。その女房《にょうぼう》が昨年《さくねん》死《し》んでからは、プロルは少《すこ》し頭《あたま》がねじくれた。百方尽力《ひゃっぽうじんりょく》して新聞《しんぶん》を手《て》に入《い》れて、日々《にちにち》の為事《しごと》がすんでから、ランプの下《した》で啣《くわ》え煙管《ぎせる》をして、何時《なんじ》間《かん》でもそれに読《よ》みふけっている。日曜日《にちようび》の午後《ごご》に、ケエゲルの遊戯《ゆうぎ》に出《で》かけたときなんぞには、どうかするとこんなことをいう。「こんな片田舎《かたいなか》に生《う》まれなかったら、もう少《すこ》ししっかりしたこともできたのだろうがなあ」またこんなことをいう。「どうも大都会《だいとかい》での出来事《できごと》を読《よ》んでみると、なんだかこっちとらの一生《いっしょう》は無駄《むだ》になったようでならないですね」

プロルはこの感《かん》じがしだいに増長《ぞうちょう》してきた。六十何年間《なんねんかん》この地球《ちきゅう》の上《うえ》

謹聴《きんちょう》…つつしんで聞《き》くこと。　百方尽力《ひゃっぽうじんりょく》…あちこち手《て》をつくして。
ケエゲルの遊戯《ゆうぎ》…ボウリングの前身《ぜんしん》となったゲーム、九柱戯《きゅうちゅうぎ》のこと。イギリスでは、スキットル、ナインピンズと呼《よ》ばれていた。

に住《す》んでいて、ろくな目《め》にあったことがないという感《かん》じである。おれはいったい何《なに》をしたか。鋏《はさみ》に針《はり》に熨斗《ひのし》がおれの知《し》るかぎりの世界《せかい》ではなかったかなどと、おりおり思《おも》ってみる。新聞《しんぶん》を毎日《まいにち》読《よ》んでみれば、ほかの世界《せかい》では善《よ》いことやら、悪《わる》いことやら、いろいろな出来事《できごと》がある。あそこでは人《ひと》が殺《ころ》される。ここでは鉱山《こうざん》が崩壊《ほうかい》する。獣《けもの》が窒息《ちっそく》する。今日《きょう》は家《いえ》が焼《や》ける。昨日《きのう》は舟《ふね》が沈《しず》んだ。一昨日《おとつい》は汽車《きしゃ》が衝突《しょうとつ》した。明日《あす》はどこかで地震《じしん》がゆるだろう。明後日《あさって》はどこかで大盗坊《おおどろぼう》が為事《しごと》をするだろう。それともまた大《おお》きな為換《かわせ》を偽造《ぎぞう》するものがあるかもしれない。ただおれだけは平穏無事《へいおんぶじ》である。世《よ》の中《なか》の日々《ひび》の出来事《できごと》がおれだけをよけて通《とお》る。おれの名《な》が新聞《しんぶん》に出《で》ることがあったなら、それは死亡《しぼう》の知《し》らせだろう。さて死《し》んだうえで、プロルはどんな男《おとこ》だったかと問《と》うたら、小学校《しょうがっこう》を出《で》てから死《し》ぬるまで、不正《ふせい》なことをしなかったというにすぎない。そんなことはもちろん新聞《しんぶん》の種《たね》にはならない。

熨斗《ひのし》…アイロン。
ゆる…揺《ゆ》り動《うご》く。地震《じしん》が起《お》きる。
為換《かわせ》…為替《かわせ》に同《おな》じ。手形《てがた》・小切手《こぎって》・証書《しょうしょ》など、現金《げんきん》の代《か》わりに作《つく》られた証券《しょうけん》。

何《なに》か一《ひと》つ人《ひと》が聞《き》いて退屈《たいくつ》しないようなことを、おれもするわけには行《ゆ》かないだろうか。人《ひと》が話《はなし》の種《たね》にしたり、ものに書《か》いてくれるようなことはできまいか。裁縫職《さいほうしょく》はしていても、このこと一《ひと》つだけは人《ひと》に誇《ほこ》っていいというようなことはできまいか。何《なに》か偉大《いだい》な非常《ひじょう》なことをして、巴里《パリイ》でも倫敦《ロンドン》でも、話《はなし》の種《たね》になるというわけには行《い》くまいか。ただ一夜《いちや》のうちに、村《むら》に類《るい》のない人物《じんぶつ》になって、内心《ないしん》ではもうとうからおれより低《ひく》い人《じん》物《ぶつ》だと思《おも》っている、あの村長《そんちょう》や、またあの牧師《ぼくし》に駕《が》してのぼるわけには行《い》くまいか。

　プロルがクリスマスの二夜目《ふたよめ》に、お寺《てら》の塔《とう》の尖《さき》に止《と》まっている、重《おも》い銅《あかがね》の雄鶏《おんどり》を盗《ぬす》んだのは、こう思《おも》った末《すえ》のことであった。とにかくあの鶏《にわとり》は、村中《むらじゅう》で日《ひ》の出《で》をいちばん早《はや》くから見《み》て、日《ひ》の入《い》りをいちばんおそくまで見《み》る。朝日《あさひ》も夕日《ゆうひ》も、最初《さいしょ》と最後《さいご》とに、あの鶏冠《とさか》を紅《くれない》に染《そ》めるのである。こう思《おも》ってプロルは鶏《にわとり》を盗《ぬす》んだ。

非常《ひじょう》なこと…思《おも》いがけないこと。普通《ふつう》では起《お》こらないこと。
類《るい》のない…他《た》に比《くら》べるものがない。類《るい》がない。
駕《が》して…他《た》をしのいで。他《た》よりも優位《ゆうい》にたって。

さて望《のぞ》みをとげた当分《とうぶん》は、プロルのような政治家《せいじか》としては、無理《むり》なことであるのに、なるたけものをいわずにいた。そのころはどこへ行《い》っても、鶏《にわとり》の噂《うわさ》があって、たれでもそれを恐《おそ》ろしい悪事《あくじ》のように評《ひょう》しているので、プロルは聞《き》くたびにぞっとした。実《じつ》は人《ひと》のいうほど無法《むほう》なかつ暴《ぼう》悪《あく》なことだとは、自分《じぶん》は思《おも》わなかったのである。月明《つきあ》かりの下《した》で、屋根《やね》の絶頂《ぜっちょう》に立《た》ったという、壮大《そうだい》、痛快《つうかい》、豪邁《ごうまい》の心持《こころも》ちとは、どうも人々《ひとびと》の批評《ひひょう》が相違《そうい》している。世間《せけん》では禁《きん》を犯《おか》したという一面《いちめん》を見《み》て、偉大《いだい》だという一面《いちめん》を忘《わす》れているらしい。

しばらくしてから、人《ひと》の怒《いか》りがだんだん収《おさ》まってきて、プロルがためには、もっとも愉快《ゆかい》な時節《じせつ》が来《き》た。それは世間《せけん》が鶏《にわとり》のいなくなったのを憂《うれ》うることをやめて、その出来事《できごと》が奇怪《きかい》だということに、あるだけの好《こう》奇心《きしん》を傾注《けいちゅう》してきたからである。どうかすると、往来《おうらい》で行《ゆ》きあった男《おとこ》が、お寺《てら》の塔《とう》を指《ゆび》さして、プロルにこんなことをいう。

なるたけ…なるだけに同《おな》じ。なるべく。　**無法《むほう》**…法《ほう》を無視《むし》した。
豪邁《ごうまい》…性格《せいかく》が勇壮《ゆうそう》かつ豪快《ごうかい》で、人《ひと》より優《すぐ》れていること。　**傾注《けいちゅう》**…一《ひと》つのことに力《ちから》や心《こころ》を集中《しゅうちゅう》すること。　**往来《おうらい》**…人《ひと》や乗《の》り物《もの》が行《い》き来《き》する道路《どうろ》。

「どうです。あそこにいた鶏《にわとり》を取《と》ったというのは、途方《とほう》もないさかんなやつですなあ。わたしなんぞは昼間《ひるま》でもあそこへのぼっていって、降《お》りてくることはできませんのに夜《よ》なかにやったですからね」

「そうお思《おも》いですか。とにかくひとかどの為事《しごと》ですね」プロルはこういって、笑《わら》いを呑《の》みこんで、得意《とくい》になっている。

そんな晩《ばん》に内《うち》へ帰《かえ》って、例《れい》の藁布団《わらぶとん》の上《うえ》に足《あし》を踏《ふ》みのばして寝《ね》る。布《ふ》団《とん》の下《した》の鶏《にわとり》は、気鬱《きうつ》のために光沢《こうたく》がなくなって、久《ひさ》しく暗《くら》い牢屋《ろうや》に入《い》られている囚徒《しゅうと》のように盲目《めくら》になっているが、上《うえ》に寝《ね》ている裁縫屋《さいほうや》の心《こころ》持《も》ちは冠《かんむり》を抱《だ》いて寝《ね》る王者《おうじゃ》のように愉快《ゆかい》であった。

しかしこの愉快《ゆかい》な月日《つきひ》は、それより前《まえ》の空虚《くうきょ》な月日《つきひ》と同《おな》じように、たちまちにして過《す》ぎ去《さ》った。村《むら》の者《もの》の目《め》が、ようやく鶏《にわとり》のいない塔《とう》の尖《さき》に馴《な》れてしまった。銅《あかがね》の鶏《にわとり》は美《うつく》しい装飾《そうしょく》ではあったが、しかしなくてもいい装飾《そうしょく》であった。避雷針《ひらいしん》が依然《いぜん》としているから、あれさえ虚空《こくう》に見《み》えて

ひとかどの…人並《ひとな》み以上《いじょう》の。

囚徒《しゅうと》…囚《とら》われて牢《ろう》に入《はい》っている人《ひと》。囚人《しゅうじん》。

いればたくさんである。それに地面《じめん》の上《うえ》に見《み》るものはたくさんあるから、何《なに》も仰向《あおむ》いて見《み》てばかりいるにもおよばないと思《おも》うのである。

村《むら》の人心《じんしん》がこんなふうに推移《すいい》したのを、プロルはすこぶる不平《ふへい》に思《おも》った。亡《な》くなった鶏《にわとり》の話《はなし》をしない男《おとこ》を、ことごとく法廷《ほうてい》に訴《うった》えてでもやりたくなる。そこでプロルは往来《おうらい》で誰彼《たれかれ》となくつかまえて、お寺《てら》の塔《とう》を指《ゆび》さしては、こんなことをいう。

「あそこにいた鶏《にわとり》はどこへ飛《と》んでいったのでしょう。たれかが締《し》めたのだとすると、そいつは悪魔《あくま》自身《じしん》でない以上《いじょう》は、非常《ひじょう》なやつですなあ。まだそのやつの手掛《てが》かりはありませんかなあ。捜索《そうさく》の手続《てつづ》きはつくしてあるのでしょうに。実《じつ》に今《いま》でも世《よ》の中《なか》には不思議《ふしぎ》なことがあるものですなあ」

この話《はなし》の末《すえ》の半分《はんぶん》は、たいてい独言《ひとりごと》になってしまう。なぜというに、聞《き》く人《ひと》はもう塔《とう》の上《うえ》の鶏《にわとり》のことなぞは面倒《めんどう》になっているから、いい加減《かげん》にして、それぞれの用事《ようじ》のある方角《ほうがく》へ行《い》ってしまうからである。そしてこ

すこぶる…ひじょうに。たいへん。

う思《おも》う。気《き》の毒《どく》なことではある。あのプロルさんは、もう三代《だい》も土地《とち》で裁縫職《さいほうしょく》をしていなさる家柄《いえがら》だが、近《ちか》ごろ老耄《ろうもう》せられたと見《み》える。牧師《ぼくし》さんさえお忘《わす》れになった、塔《とう》の上《うえ》の鶏《にわとり》のことばかりいっておられると思《おも》う。しまいには馴《な》れてしまって、ちょうど癈兵《はいへい》がセダンの戦争談《せんそうばなし》をするのを、たれでも我慢《がまん》して聞《き》いてやるように、この裁縫屋《さいほうや》の鶏《にわとり》の話《はなし》を聞《き》いてやることになった。

ただ免職《めんしょく》になった夜番《よばん》の爺《じい》さんが一人《ひとり》これに疑念《ぎねん》をさしはさんだ。この男《おとこ》は収入《しゅうにゅう》がなくなってから、酒《さけ》が十分《じゅうぶん》飲《の》めないので、性質《せいしつ》が少《すこ》し陰険《いんけん》になったのである。そして禍《わざわ》いを受《う》けた自分《じぶん》のほかには、もはや一人《ひとり》も思《おも》い出《だ》すもののない、あの不思議《ふしぎ》に失《う》せた鶏《にわとり》のことを、なぜ裁縫屋《さいほうや》がくり返《かえ》してしゃべっているだろうというところに、目《め》をつけたのである。

ある日曜日《にちようび》の午後《ごご》、プロルは例《れい》によってケエゲルの遊戯《ゆうぎ》をしに出《で》かけた。その場所《ばしょ》でたれをでもつかまえて鶏《にわとり》の話《はなし》をしてやろうと思《おも》って出《で》か

老耄《ろうもう》…老《お》いぼれること、またその人《ひと》。
癈兵《はいへい》…戦争《せんそう》で負傷《ふしょう》し、その障害《しょうがい》のために再度《さいど》戦争《せんそう》に行《い》けなくなった人《ひと》。

けたのである。その留守《るす》に罷役夜番《ひやくよばん》の爺《じい》さんは、門口《かどぐち》の戸《と》をこじ開《あ》けてはいった。そしてまだ二三分《ぷん》もたたないうちに、爺《じい》さんは銅《あかがね》の膚《はだ》に緑青《ろくしょう》が吹《ふ》いて、死骸《しがい》のように醜《みにく》くなった鶏《にわとり》を手《て》にもって、それを振《ふ》り動《うご》かしながら、凱歌《がいか》を奏《そう》するような勢《いきお》いで出《で》てきた。

翌朝《よくちょう》プロルが監獄《かんごく》へ送《おく》られると同時《どうじ》に、スレエト葺《ふ》きの職人《しょくにん》は、ふたたび磨《みが》いて日《ひ》の光《ひかり》を反射《はんしゃ》するようにした鶏《にわとり》をもって、お寺《てら》の塔《とう》にのぼっていって、村人一同《むらびといちどう》の喝采《かっさい》の声《こえ》のうちに、それをもとの位置《いち》に鑞着《ろうちゃく》した。村長《そんちょう》はそっと夜番《よばん》の爺《じい》さんを復職《ふくしょく》させた。

プロルが監獄《かんごく》にはいって、お寺《てら》の塔《とう》の上《うえ》に、銅《あかがね》の鶏《にわとり》がふたたびかがやきはじめてから、数週間《すうしゅうかん》になった。村《むら》はもう鶏《にわとり》のかつて盗《ぬす》まれなかった昔《むかし》にもどって、たれ一人《ひとり》鶏《にわとり》を見《み》ようとして仰向《あおむ》いて歩《ある》くものがない。

セダンの戦争談《せんそうばなし》…セダンはフランス北東部《ほくとうぶ》の都市《とし》。普仏戦争《ふふつせんそう》のときの戦場《せんじょう》であることから、その戦争《せんそう》の話《はなし》。　**罷役《ひやく》**…仕事《しごと》をやめさせること。
緑青《ろくしょう》…銅《どう》につく緑色《みどりいろ》のさび。　**凱歌《がいか》**…戦勝《せんしょう》を祝《いわ》う歌《うた》。

「さあお食《た》べ――これを食《た》べると病気《びょうき》がなおるよ」

薬《くすり》

魯《ろ》 迅《じん》

（井上紅梅《いのうえこうばい》・訳《やく》）

魯迅《ろじん》　一八八一―一九三六

作者《さくしゃ》の魯迅《ろじん》が生《い》きた清《しん》の時代《じだい》に起《お》こった辛亥革命《しんがいかくめい》と、当時《とうじ》の因習《いんしゅう》や迷信《めいしん》が背景《はいけい》にある短編《たんぺん》です。物語《ものがたり》は茶館《ちゃかん》の主人華老栓《しゅじんかろうせん》が月《つき》が沈《しず》んだ日《ひ》の出前《でまえ》に、銀貨一《ぎんかひと》包《つつ》みを持《も》って出《で》かけるという怪《あや》しげな場面《ばめん》から始《はじ》まります。題名《だいめい》になっている「薬《くすり》」という言葉《ことば》はなぜか最後《さいご》まで出《で》てきません。話《はなし》の終《お》わりに二人《ふたり》の女《おんな》が共同《きょうどう》墓地《ぼち》で出会《であ》います。息子《むすこ》を肺病《はいびょう》で亡《な》くした母《はは》と、革命家《かくめいか》の息子《むすこ》を処刑《しょけい》された母《はは》。この二人《ふたり》をつなぐものが「薬《くすり》」の正体《しょうたい》なのです。

一

亮《あか》るい月《つき》は日《ひ》の出前《でまえ》に落《お》ちて、寝静《ねしず》まった街《まち》の上《うえ》に藍甕《あいがめ》のような空《そら》が残《のこ》った。

華老栓《かろうせん》はひょっくり起《お》き上《あ》がってマッチをすり、油《あぶら》じんだ灯盞《とうさん》に火《ひ》を移《うつ》した。青白《あおじろ》い光《ひかり》は茶館《ちゃかん》の中《なか》の二間《ふたま》に満《み》ちた。

「お父《とう》さん、これから行《い》ってくださるんだね」

と年寄《としよ》った女《おんな》の声《こえ》がした。そのとき裏《うら》の小部屋《こべや》の中《なか》で咳嗽《せき》の声《こえ》がした。

「うむ」

老栓《ろうせん》はこたえて上衣《うわぎ》の釦《ボタン》をはめながら手《て》をのばし、

「お前《まえ》、あれをお出《だ》しな」

華大媽《かたいま》は枕《まくら》の下《した》をさぐって一包《ひとつつ》みの銀貨《ぎんか》を取《と》り出《だ》し、老栓《ろうせん》に手渡《てわた》すと、老栓《ろうせん》はガタガタふるえて衣套《かくし》の中《なか》に収《おさ》め、著物《きもの》の上《うえ》からそっとなでおろ

藍甕《あいがめ》…藍染《あいぞめ》で、材料《ざいりょう》の藍汁《あいじる》を入《い》れておく甕《かめ》。

灯盞《とうさん》…灯油《とうゆ》を入《い》れ、火《ひ》をともすのに使用《しよう》する皿《さら》。

衣套《かくし》…物入《ものい》れ。ポケット。　**著物《きもの》**…着物《きもの》に同《おな》じ。衣服《いふく》。

してみた。そこで彼《かれ》は提灯《ちょうちん》に火《ひ》を移《うつ》し、灯盞《とうさん》を吹《ふ》き消《け》して裏部屋《うらべや》の方《ほう》へ行《い》った。部屋《へや》の中《なか》には苦《くる》しそうな噴《むせ》び声《ごえ》がたえまなく続《つづ》いていたが、老栓《ろうせん》はその響《ひび》きのおさまるのを待《ま》って、静《しず》かに口《くち》をひらいた。

「小栓《しょうせん》、お前《まえ》は起《お》きないでいい。店《みせ》はお母《かあ》さんがいい按排《あんばい》にする」

「……………」

老栓《ろうせん》は倅《せがれ》が落《お》ち著《つ》いて睡《ねむ》っているものと察《さっ》し、ようやく安心《あんしん》して門口《かどぐち》を出《で》た。

街《まち》なかは黒《くろ》く沈《しず》まり返《かえ》って何一《なにひと》つない。ただ一条《いちじょう》の灰白《はいじろ》の路《みち》がぼんやりと見《み》えて、提灯《ちょうちん》の光《ひかり》は彼《かれ》の二《ふた》つの脚《あし》をてらし、左右《さゆう》の膝《ひざ》が前《まえ》になり後《あと》になりしていく。ときどき多《おお》くの狗《いぬ》にあったが吠《ほ》えついてくるものもない。天気《てんき》は室内《しつない》よりもよほど冷《ひ》ややかで老栓《ろうせん》は爽快《そうかい》に感《かん》じた。何《なん》だか今日《きょう》は子《こ》どもの昔《むかし》に還《かえ》って、神通《じんずう》を得《え》て人《ひと》の命《いのち》の本体《ほんたい》をつかみにゆくような気《き》がして、歩《ある》いているうちにもばかに気高《けだか》くなってしまった。行《ゆ》け

噴《むせ》び声《ごえ》…ここでは、噴《ふん》の字《じ》をあててあることから、咳《せ》きこむ声《こえ》の意《い》。
按排《あんばい》…ものごとをうまく処理《しょり》すること。
神通《じんずう》…どんなこともなし得《え》る、超人的能力《ちょうじんてきのうりょく》のこと。

ば行《ゆ》くほど路《みち》がハッキリしてきた。行《ゆ》けば行《ゆ》くほど空《そら》が亮《あか》るくなってきた。

老栓《ろうせん》はひたすら歩《あゆ》みを続《つづ》けているうちにたちまちものにおどろかされた。それは一条《いちじょう》の丁字街《ていじがい》がありありと眼前《がんぜん》に横《よこ》たわっていたのだ。彼《かれ》はちょっとあともどりしてある店《みせ》の軒下《のきした》に入《はい》った。閉《し》め切《き》ってある門《もん》にもたれて立《た》っていると、身体《からだ》が少《すこ》しひやりとした。

「ふん、親爺《おやじ》」

「元気《げんき》だね……」

老栓《ろうせん》はびっくりして眼《め》をみはったとき、すぐ鼻《はな》の先《さき》を通《とお》ってゆく者《もの》があった。そのうちの一人《ひとり》は振《ふ》り向《む》いて彼《かれ》を見《み》た。かたちははなはだハッキリしないが、永《なが》くものに餓《う》えた人《ひと》が食《た》べ物《もの》を見《み》つけたように、つかみかかってきそうな光《ひかり》がその人《ひと》の眼《め》から出《で》た。老栓《ろうせん》は提灯《ちょうちん》をのぞいてみるともう火《ひ》が消《き》えていた。念《ねん》のため衣套《かくし》をおさえてみると塊《かたまり》はまだそこに

丁字街《ていじがい》…丁《てい》（T《ティー》）字形《じけい》に交《まじ》わる道路《どうろ》。三叉路《さんさろ》。

あった。老栓《ろうせん》は頭《かしら》をあげて両側《りょうがわ》を見《み》た。気味《きみ》の悪《わる》い人間《にんげん》がいくつも立《た》っていた。三《み》つ二《ふた》つ、三《み》つ二《ふた》つと鬼《おに》のような者《もの》がそこらじゅうにうろついていた。じっと瞳《ひとみ》をすえてもう一度見《いちどみ》るとべつに何《なん》の不思議《ふしぎ》もなかった。

まもなく幾人《いくにん》か兵隊《へいたい》が来《き》た。向《む》こうの方《ほう》にいるときから、著物《きもの》の前《まえ》と後《うし》ろに白《しろ》い円《まる》いものが見《み》えた。遠《とお》くでもハッキリ見《み》えたが、近《ちか》よってくると、その白《しろ》い円《まる》いものは法被《はっぴ》の上《うえ》の染《そ》め抜《ぬ》きで、暗紅色《あんこうしょく》のふちぬいの中《なか》にあることを知《し》った。一時足音《いちじあしおと》がざくざくして、兵隊《へいたい》は一大群衆《いちだいぐんしゅう》に囲《かこ》まれつつたちまち眼《め》の前《まえ》を過《す》ぎ去《さ》った。あすこの三《み》つ二《ふた》つ、三《み》つ二《ふた》つは今《いま》しも大《おお》きな塊《かたまり》となって潮《うしお》のように前《まえ》におしよせ、丁字街《ていじがい》の口《くち》もとまで行《い》くと、突然立《とつぜんた》ちどまって半円状《はんえんじょう》にむらがった。

老栓《ろうせん》は注意《ちゅうい》して見《み》ると、一群《いちぐん》の人《ひと》は鴨《かも》の群《む》れのように、あとから頸《くび》を延《の》ばして、さながら無形《むけい》の手《て》が彼《かれ》らの頭《あたま》を引《ひ》ッ張《ぱ》っているようでもあった。暫時静《ざんじしず》かであった。ふと何《なに》か、音《おと》がしたようでもあった。

染《そ》め抜《ぬ》き…ここでは、染《そ》め抜《ぬ》いた模様《もよう》のこと。

暗紅色《あんこうしょく》…黒味《くろみ》がかった赤色《あかいろ》。　**無形《むけい》**…形《かたち》として現《あらわ》れないこと。

暫時《ざんじ》…しばらくの間《あいだ》。

すると彼《かれ》らはたちまち騒《さわ》ぎ出《だ》してがやがやと老栓《ろうせん》の立《た》っているところまで散《ち》らばった。老栓《ろうせん》はあぶなくつき飛《と》ばされそうになった。

「さあ、銭《ぜに》と品物《しなもの》の引《ひ》き換《か》えだ」

身体《からだ》じゅう真《ま》っ黒《くろ》な人《ひと》が老栓《ろうせん》の前《まえ》につっ立《た》って、その二《ふた》つの眼玉《めだま》から抜剣《ぬきみ》のようなするどい光《ひかり》を浴《あ》びせかけたとき、老栓《ろうせん》はいつもの半分《はんぶん》ほどにちぢこまった。

その人《ひと》は老栓《ろうせん》の方《ほう》に大《おお》きな手《て》をひろげ、片《かた》ッぽの手《て》に赤《あか》い饅頭《まんじゅう》をつまんでいたが、赤《あか》い汁《しる》は饅頭《まんじゅう》の上《うえ》からぼたぼた落《お》ちていた。

老栓《ろうせん》はあわてて銀貨《ぎんか》をつき出《だ》しガタガタふるえていると、その人《ひと》はじれったがって、

「なぜ受《う》け取《と》らんか、こわいことがあるもんか」

とどなった。

老栓《ろうせん》はなおも躊躇《ちゅうちょ》していると、黒《くろ》い人《ひと》は提灯《ちょうちん》を引《ひ》ッたくって幌《ほろ》を下《さ》げ、

抜剣《ぬきみ》…鞘《さや》から抜《ぬ》き出《だ》した刀《かたな》や槍《やり》。
赤《あか》い饅頭《まんじゅう》…人《ひと》の血《ち》に染《そ》まった饅頭《まんじゅう》。
幌《ほろ》を下《さ》げ…提灯《ちょうちん》のおおい紙《がみ》をむしり取《と》り。

その中《なか》へ饅頭《まんじゅう》をつめて老栓《ろうせん》の手《て》に渡《わた》し、同時《どうじ》に銀貨《ぎんか》を引《ひ》ッつかんで、

「この老耄《おいぼれ》め」

と口《くち》の中《なか》でぼやきながら立《た》ち去《さ》った。

「お前《まえ》さん、それでたれの病気《びょうき》をなおすんだね」

と老栓《ろうせん》はたれかにきかれたようであったが、返辞《へんじ》もしなかった。彼《かれ》の精神《せいしん》は、今《いま》はただ一《ひと》つの包《パオ》（饅頭《まんじゅう》）の上《うえ》に集《あつ》まって、さながら十世単伝《じっせたんでん》の一人子《ひとりご》を抱《いだ》いているようなものであった。彼《かれ》は今《いま》この包《パオ》の中《なか》の新《あたら》しい生命《せいめい》を彼《かれ》の家《いえ》に移《うつ》し植《う》えて、多《おお》くの幸福《こうふく》を収《おさ》めえたいのであった。太陽《たいよう》も出《で》てきた。彼《かれ》のめのまえには一条《いちじょう》の大道《だいどう》が現《あらわ》れて、まっすぐに彼《かれ》の家《いえ》まで続《つづ》いていた。後《うし》ろの丁字街《ていじがい》の突《つ》き当《あ》たりには、破《やぶ》れた匾額《へんがく》があって「古《こ》×亭口《ていこう》」の四《よっ》つの金文字《きんもじ》が煤黒《すすぐろ》く照《て》らされていた。

たれ…だれ（誰《だれ》）の古《ふる》いいい方《かた》。　**十世単伝《じっせたんでん》**…十世代《じっせだい》にわたって一人《ひとり》っ子《こ》続《つづ》き。　**一人子《ひとりご》**…兄弟姉妹《きょうだいしまい》のない子《こ》、つまり一人《ひとり》っ子《こ》のこと。

匾額《へんがく》…門戸《もんこ》や室内《しつない》などに掲《かか》げる横《よこ》に長《なが》い額《がく》。

二

老栓《ろうせん》は歩《ある》いて我《わ》が家《や》に来《き》た。店《みせ》の支度《したく》はもうちゃんとできていた。茶卓《ちゃたく》は一《ひと》つ一《ひと》つふきこんで、てらてらに光《ひか》っていたが、客《きゃく》はまだ一人《ひとり》も見《み》えなかった。小栓《しょうせん》は店《みせ》の隅《すみ》の卓子《テーブル》に向《む》かって飯《めし》を食《く》っていた。見《み》ると額《ひたい》の上《うえ》から大粒《おおつぶ》の汗《あせ》がころげ落《お》ち、左右《さゆう》の肩骨《かたぼね》が近《ちか》ごろめっきり高《たか》くなって、背中《せなか》にピタリとついている夾襖《あわせ》の上《うえ》に、八字《はちじ》の皺《しわ》が浮《う》き紋《もん》のように飛《と》び出《だ》していた。老栓《ろうせん》はのびていた眉宇《まゆがしら》を思《おも》わずしかめた。華大媽《かたいま》は竈《かまど》の下《した》から出《で》てきて眼《め》を光《ひか》らせ、脣《くちびる》をふるわせながら、

「取《と》れましたか」

ときいた。

「取《と》れたよ」

と老栓《ろうせん》は答《こた》えた。

古《こ》×亭口《ていこう》…中国《ちゅうごく》の紹興府《しょうこうふ》にある軒亭口《けんていこう》という通《とお》りの入《い》り口《ぐち》にかけれらた扁額《へんがく》「古軒亭口《こけんていこう》」のこと。小説《しょうせつ》の舞台《ぶたい》が紹興府《しょうこうふ》であることが暗示《あんじ》されている。この近《ちか》くに死刑《しけい》を執行《しっこう》する場所《ばしょ》があった。

二人《ふたり》はいっしょに竈《かまど》の下《した》へ行《い》って何《なに》か相談《そうだん》したが、まもなく華大媽《かたいま》は外《そと》へ出《で》て一枚《まい》の蓮《はす》の葉《は》をもってかえり卓《テーブル》の上《うえ》においた。老栓《ろうせん》は提灯《ちょうちん》の中《なか》から赤《あか》い饅頭《まんじゅう》を出《だ》して蓮《はす》の葉《は》に包《つつ》んだ。

飯《めし》をすまして小栓《しょうせん》は立《た》ち上《あ》がると華大媽《かたいま》はあわてて声《こえ》をかけ、

「小栓《しょうせん》や、お前《まえ》はそこにすわっておいで。こっちへ来《き》ちゃいけないよ」

といいつけながら竈《かまど》の火《ひ》を按排《あんばい》した。そのそばで老栓《ろうせん》は一《ひと》つの青《あお》い包《つつ》みと、一《ひと》つの紅白《こうはく》の破《やぶ》れ提灯《ちょうちん》をいっしょにして竈《かまど》の中《なか》につっこむと、赤《あか》黒《ぐろ》い焰《ほのお》が渦《うず》をまき起《お》こし、一種異様《いっしゅいよう》な薫《かお》りが店《みせ》の方《ほう》へ流《なが》れ出《だ》した。

「いい匂《にお》いだね。お前《まえ》たちは何《なに》を食《た》べているんだえ。朝《あさ》ッぱらから」

駝背《せむし》の五少爺《ごだんな》がいった。この男《おとこ》は毎日《まいにち》ここの茶館《ちゃかん》に来《き》て日《ひ》を暮《く》らし、いちばん早《はや》く来《き》ていちばんおそく帰《かえ》るのだが、このときちょうど店《みせ》の前《まえ》へ立《た》ち往来《おうらい》に面《めん》した壁《かべ》ぎわのいつもの席《せき》に腰《こし》をおろした。彼《かれ》は答《こた》うる人《ひと》がないので、

(135ページ)袷襖《あわせ》…(単衣《ひとえ》に対《たい》して)裏《うら》をつけて仕立《した》てた衣服《いふく》。

浮《う》き紋《もん》…浮織物《うきおりもの》の一《ひと》つ。地糸《じいと》を浮《う》かせることで文様《もんよう》を表《あらわ》すもの。

眉宇《まゆがしら》…眉《まゆ》の顔《かお》の中央《ちゅうおう》に近《ちか》い部分《ぶぶん》。

「炒《い》り米《ごめ》のお粥《かゆ》かね」

ときき返《かえ》してみたが、それでも返辞《へんじ》がない。

老栓《ろうせん》はいそいそ出《で》てきて、彼《かれ》にお茶《ちゃ》を出《だ》した。

「小栓《しょうせん》、こっちへおいで」

と華大媽《かたいま》は倅《せがれ》をよびこんだ。奥《おく》の間《ま》のまんなかには細長《ほそなが》い腰掛《こしか》けが一《ひと》つおいてあった。小栓《しょうせん》はそこへ来《き》て腰《こし》をかけると母親《ははおや》は真《ま》っ黒《くろ》な円《まる》いものを皿《さら》の上《うえ》へのせて出《だ》した。

「さあお食《た》べ――これを食《た》べると病気《びょうき》がなおるよ」

この黒《くろ》いものをつまみ上《あ》げた小栓《しょうせん》はしばらくながめているうちに自分《じぶん》の命《いのち》をもってきたような、いうにいわれぬ奇怪《きかい》な感《かん》じがして、おそるおそる二《ふた》つに割《わ》ってみると、黒焦《くろこ》げの皮《かわ》の中《なか》から白《しろ》い湯気《ゆげ》が立《た》ち、湯気《ゆげ》が散《ち》ってしまうと、半分《はんぶん》ずつの白《しろ》い饅頭《まんじゅう》にちがいなかった。――それがいつのまにか、残《のこ》らず肚《はら》の中《なか》に入《はい》ってしまって、どんな味《あじ》がしたのだかまるきり忘《わす》れていると、眼《め》の前《まえ》にただ一枚《まい》の空《あ》き皿《ざら》が残《のこ》っているだけで彼《かれ》のそばには父親《ちちおや》と母親《ははおや》が立《た》っていた。二人《ふたり》の眼《め》つきはみな一様《いちよう》に、彼《かれ》の身体《からだ》に何《なに》ものかをつぎこみ、彼《かれ》の身体《からだ》から何《なに》ものかを取《と》り出《だ》そうとするらしい。そう思《おも》うと抑《おさ》えがたき胸騒《むなさわ》ぎがしてまたひとしきり咳嗽《せき》こんだ。

「横《よこ》になって休《やす》んでごらん。——そうすればよくなります」

小栓《しょうせん》は母親《ははおや》の言葉《ことば》にしたがって咳嗽《せき》入《い》りながら睡《ねむ》った。

華大媽《かたいま》は彼《かれ》の咳嗽《せき》の静《しず》まるのを待《ま》って、ツギハギの夜具《やぐ》をそのうえにかけた。

三

店《みせ》の中《なか》には大勢《おおぜい》の客《きゃく》がすわっていた。老栓《ろうせん》はいそがしそうに大薬鑵《おおやかん》をさげて一《ひと》さし、一《ひと》さし、銘《めい》めいのお茶《ちゃ》を注《つ》いで歩《ある》いた。彼《かれ》の両方《りょうほう》のまぶ

た は 黒《くろ》い輪《わ》に囲《かこ》まれていた。

「老栓《ろうせん》、きょうはサッパリ元気《げんき》がないね。病気《びょうき》なのかえ」

と胡麻塩《ごましお》ひげの男《おとこ》がきいた。

「いいえ」

「いいえ？　そうだろう。にこにこしているからな。いつもとはちがう」

胡麻塩《ごましお》ひげは自分《じぶん》で自分《じぶん》の言葉《ことば》を取《と》り消《け》した。

「老栓《ろうせん》はいそがしいのだよ。倅《せがれ》のためにね……」

駝背《せむし》の五少爺《ごだんな》がもっと何《なに》かいおうとしたとき、顔《かお》じゅう瘤《こぶ》だらけの男《おとこ》がいきなり入《はい》ってきた。真《ま》っ黒《くろ》の木綿著物《もめんぎもの》——胸《むね》の釦《ボタン》をはずして幅広《はばひろ》の黒帯《くろおび》をだらしなく腰《こし》のまわりにくくりつけ、入《い》り口《ぐち》へ来《く》るとすぐに老栓《ろうせん》に向《む》かってどなった。

「食《た》べたかね。よくなったかね。老栓《ろうせん》、お前《まえ》は運気《うんき》がいい」

老栓《ろうせん》は片《かた》ッぽの手《て》を薬罐《やかん》にかけ、片《かた》ッぽの手《て》をうやうやしく前《まえ》に垂《た》れ

胡麻塩《ごましお》ひげ…黒《くろ》い毛《け》に白《しろ》い毛《け》がまじっている状態《じょうたい》のひげ。

てきいていた。華大媽《かたいま》もまた眼《め》のふちを黒《くろ》くしていたが、このときににこして茶碗《ちゃわん》と茶《ちゃ》の葉《は》をもってきて、茶碗《ちゃわん》の中《なか》に橄欖《かんらん》の実《み》をつまみこんだ。老栓《ろうせん》はすぐにその中《なか》に湯《ゆ》をさした。

「あの包《パオ》は上等《じょうとう》だ、ほかのものとはちがう。ねえそうだろう。熱《あつ》いうちにもってきて、熱《あつ》いうちに食《た》べたからな」

と瘤《こぶ》の男《おとこ》は大《おお》きな声《こえ》を出《だ》した。

「ほんとうにねえ、康《こう》おじさんのおかげでうまくゆきましたよ」

華大媽《かたいま》はしんからうれしそうにお礼《れい》をのべた。

「いい包《パオ》だ。まったくいい包《パオ》だ。ああいう熱《あつ》いやつを食《た》べれば、ああいう血饅頭《ちまんじゅう》はどんな癆症《ろうしょう》にもきく」

華大媽《かたいま》は「癆症《ろうしょう》」といわれて少《すこ》し顔色《かおいろ》を変《か》え、いくらか不快《ふかい》であるらしかったが、すぐにまた笑《わら》い出《だ》した。そうとは知《し》らず康《こう》おじさんは破《わ》れ鐘《がね》のような声《こえ》を出《だ》してしゃべりつづけた。あまり声《こえ》が大《おお》きいので奥《おく》に寝《ね》

橄欖《かんらん》…カンラン科《か》の常緑高木《じょうりょくこうぼく》。オリーブと同一視《どういつし》されることが多《おお》いが、植物学的《しょくぶつがくてき》には別《べつ》の種類《しゅるい》である。　**癆症**《ろうしょう》…癆痎《ろうがい》、つまり肺結核《はいけっかく》のこと。

破《わ》**れ鐘**《がね》…割《わ》れてひびの入《はい》った鐘《かね》。転《てん》じて、大《おお》きなにごった声《こえ》のたとえ。

ていた小栓《しょうせん》は眼《め》を覚《さ》ましてさかんに咳嗽《せき》はじめた。

「お前《まえ》の家《うち》の小栓《しょうせん》が、こういう運気《うんき》に当《あ》たってみれば、あの病気《びょうき》はきっと全快《ぜんかい》するにちがいない、道理《どうり》で老栓《ろうせん》はきょうはにこにこしているぜ」と胡麻塩《ごましお》ひげはいった。彼《かれ》は康《こう》おじさんの前《まえ》に行《い》って小声《こごえ》になってきいた。

「康《こう》おじさん、きょう死刑《しけい》になった人《ひと》は夏家《かけ》の息子《むすこ》だそうだが、たれの生《う》んだ子《こ》だえ。いったいなにをしたのだえ」

「たれって、きまってまさ。夏四奶奶《かしナイナイ》の子《こ》さ。あの餓鬼《がき》め」

康《こう》おじさんはみんなが耳《みみ》たぶを引《ひ》き立《た》てているのを見《み》て、大《おお》いに得意《とくい》になって瘤《こぶ》の塊《かたまり》がハチ切《き》れそうな声《こえ》を出《だ》した。

「あの小《こ》わッぱめ。命《いのち》がおしくねえのだ。命《いのち》がおしくねえのはどうでもいいが、おれは今度《こんど》ちっともいいことはねえ。正直《しょうじき》のところ、引《ひ》ッぺがした著物《きもの》まで、赤眼《あかめ》の阿義《あぎ》にやってしまった。まあそれも仕方《しかた》がねえや。

夏四奶奶《かしナイナイ》…夏四奶奶《かしナイナイ》とは、夏家《かけ》の四男《よんなん》の嫁《よめ》という意《い》。

第一《だいいち》は栓《せん》じいさんの運気《うんき》を取《と》りにがさねえためだ。第二《だいに》は夏三爺《かだんな》から出《で》る二十五両《りょう》の雪白雪白《シュパシュパ》の銀《ぎん》をそっくりおれの巾著《きんちゃく》の中《なか》に納《おさ》めて一文《もん》もつかわねえ算段《さんだん》だ」

小栓《しょうせん》はしずしずと小部屋《こべや》の中《なか》から歩《ある》き出《だ》し、両手《りょうて》をもって胸《むね》を抑《おさ》えてみたが、なかなか咳嗽《せき》がとまりそうもない。そこで竈《かまど》の下《した》へ行《い》ってお碗《わん》に冷《ひ》や飯《めし》を盛《も》り、熱《あつ》い湯《ゆ》をかけて喫《た》べた。

華大媽《かたいま》はそばへ来《き》てこっそりたずねた。

「小栓《しょうせん》、少《すこ》しは楽《らく》になったかえ。やッぱりお腹《なか》が空《す》くのかえ」

「いい包《パオ》だ。いい包《パオ》だ」

と康《こう》おじさんは小栓《しょうせん》をちらりと見《み》て、みなの方《ほう》に顔《かお》を向《む》け、

「夏三爺《かだんな》はすばしッこいね。もし前《まえ》に訴《うった》え出《で》がなければ今《いま》ごろはどんなふうになるのだろう。一家一門《いっかいちもん》はみな殺《ころ》されているぜ。お金《かね》！——あの小《こ》わッぱめ。ほんとうに大《だい》それたやつだ。牢《ろう》に入《い》れられても監守《かんしゅ》に向《む》か

栓《せん》じいさん…老栓《ろうせん》のこと。　夏三爺《かだんな》…夏四奶奶《かしナイナイ》の義理《ぎり》の兄《あに》。

雪白雪白《シュパシュパ》…まっさらな。かがやいている。　第二《だいに》は夏三爺《かだんな》から出《で》る…算段《さんだん》だ…夏三爺《かだんな》は夏四奶奶《かしナイナイ》の子《こ》を密告《みっこく》したことで、お金《かね》を受《う》け取《と》った。

ってやっぱり謀叛《むほん》をすすめていやがる」

「おやおや、そんなことまでもしたのかね」

後《うし》ろの方《ほう》の座席《ざせき》にいた二十余《あま》りの男《おとこ》は憤慨《ふんがい》の色《いろ》を現《あらわ》した。

「まあききなさい。赤眼《あかめ》の阿義《あぎ》が訊問《じんもん》にゆくとね。あいつはいい気《き》になってつりこもうとしやがる。あいつの話《はなし》では、この大清《だいしん》の天下《てんか》はわれわれのもの、すなわちみなのものだというのだ。ねえ君《きみ》、これが人間《にんげん》の言《こと》葉《ば》と思《おも》えるかね。赤眼《あかめ》はあいつの家《いえ》にたった一人《ひとり》のお袋《ふくろ》がいることを前《まえ》から承知《しょうち》している。そりゃ困《こま》っているにはちがいないが、しぼり出《だ》しても一滴《いってき》の油《あぶら》が出《で》ないので腹《はら》を欠《か》いているところへ、あいつが虎《とら》の頭《あたま》をかいたからたまらない。たちまちポカポカと二《ふた》つほど頂戴《ちょうだい》したぜ」

「義哥《あにき》は棒使《ぼうつか》いの名人《めいじん》だ。二《ふた》つも食《く》ったらまいっちまうぜ」

壁際《かべぎわ》の駝背《せむし》がハシャギ出《だ》した。

「ところがあの馬《うま》の骨《ほね》め、打《う》たれても平気《へいき》で、可憐《かわい》そうだ。可憐《かわい》そうだ、

大清《だいしん》…中国《ちゅうごく》の王朝《おうちょう》、清《しん》(1616－1912)のこと。　**腹《はら》を欠《か》いている**…たいへん怒《おこ》っている。　**虎《とら》の頭《あたま》をかいた**…危険《きけん》なことをするという意味《いみ》のことわざ。ここでは、阿義《あぎ》に革命思想《かくめいしそう》を説《と》いて神経《しんけい》を逆《さか》なでしたこと。

とぬかしやがるんだ」

「あんなやつを打《う》ったって、可憐《かわい》そうも糞《くそ》もあるもんか」

胡麻塩《ごましお》ひげはいった。

康《こう》おじさんは彼《かれ》のはきちがえを冷笑《れいしょう》した。

「お前《まえ》さんはおれの話《はなし》がよくわからないと見《み》えるな。あいつの様子《ようす》を見《み》ると、可憐《かわい》そうというのは阿義《あぎ》のことだ」

きいていた人《ひと》の眼《め》つきはたちまちにぶってきた。小栓《しょうせん》はそのとき、飯《めし》をすまして汗《あせ》みずくになり、頭《あたま》の上《うえ》からポッポッと湯気《ゆげ》を立《た》てた。

「阿義《あぎ》が可憐《かわい》そうだって――馬鹿馬鹿《ばかばか》しい。つまり気《き》が狂《くる》ったんだな」

胡麻塩《ごましお》ひげは大《おお》いにわかったつもりでいった。

「気《き》が狂《くる》ったんだ」

と、二十余《はたちあま》りの男《おとこ》もいった。

店《みせ》の中《なか》の客《きゃく》は景気《けいき》づいてみな高笑《たかわら》いした。小栓《しょうせん》もにぎやかな道連《みちづ》れに

汗《あせ》みずく…汗《あせ》びっしょり。汗《あせ》みどろ。
根元《ねもと》に靠《よ》る…根元《ねもと》によりかかる（もたれる）の意《い》。根元《ねもと》につながっている。

なって懸命《けんめい》に咳嗽《せき》をした。康《こう》おじさんは小栓《しょうせん》の前《まえ》へ行《い》って彼《かれ》の肩《かた》をたたき、

「いい包《パオ》だ！　小栓《しょうせん》――お前《まえ》、そんなに咳嗽《せ》いてはいかんぞ、いい包《パオ》だ！」

「気狂《きちが》いだ」

と駝背《せむし》の五少爺《ごだんな》も合点《がてん》していった。

四

西関外《せいかんがい》の城《しろ》の根元《ねもと》に靠《よ》る地面《じめん》はもとからの官有地《かんゆうち》で、まんなかに一《ひと》つ歪《ゆが》んだ斜《はす》かけの細道《ほそみち》がある。これは近道《ちかみち》をむさぼる人《ひと》が靴《くつ》の底《そこ》で踏《ふ》み固《かた》めたものであるが、自然《しぜん》の区切《くぎ》りとなり、道《みち》を境《さかい》に左《ひだり》は死刑人《しけいにん》と行《ゆ》き倒《だお》れの人《ひと》を埋《うず》め、右《みぎ》は貧乏人《びんぼうにん》の塚《つか》を集《あつ》め、両方《りょうほう》ともそれからそれへとだん

斜《はす》かけ…ななめ。
塚《つか》…土《つち》をまるくもりあげてつくった墓《はか》。

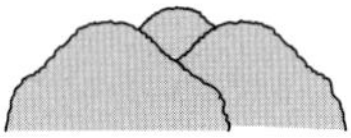

だんに土《つち》を盛《も》り上《あ》げ、さながら富家《ふけ》の祝《いわ》いの饅頭《まんじゅう》を見《み》るようである。今年《ことし》の清明節《せいめいせつ》はことのほか寒《さむ》く、柳《やなぎ》がようやく米粒《こめつぶ》ほどの芽《め》をふき出《だ》した。

夜《よ》が明《あ》けるとまもなく華大媽《かたいま》は右側《みぎがわ》の新《あたら》しい墓《はか》の前《まえ》へ来《き》て、四《よっ》つの皿《さら》盛《も》りと一碗《ひとわん》の飯《めし》を並《なら》べ、しばらくそこに泣《な》いていたが、やがて銀紙《ぎんがみ》を焚《た》いてしまうと地《じ》べたにすわりこみ、何《なに》か待《ま》つような様子《ようす》で、待《ま》つといってもに自分《じぶん》が説明《せつめい》ができないのでぼんやりしていると、そよ風《かぜ》が彼女《かのじょ》の遅《おく》れ毛《げ》を吹《ふ》き散《ち》らし、去年《きょねん》にまさる多《おお》くの白髪《しらが》を見《み》せた。

小路《こみち》の上《うえ》にまた一人《ひとり》、女《おんな》が来《き》た。これも半白《はんぱく》の頭《あたま》で襤褸《ぼろ》の著物《きもの》の下《した》に襤褸《ぼろ》の袴《はかま》をつけ、壊《こわ》れかかった朱塗《しゅぬ》りの丸籠《まるかご》をさげて、外《そと》へ銀紙《ぎんがみ》のお宝《たから》をつるし、とぼとぼと力《ちから》なく歩《ある》いてきたが、ふと華大媽《かたいま》がすわっているのを見《み》て、真《ま》っ蒼《さお》な顔《かお》の上《うえ》に羞恥《しゅうち》の色《いろ》を現《あらわ》し、しばらく躊躇《ちゅうちょ》していたが、思《おも》い切《き》って道《みち》の左《ひだり》の墓《はか》の前《まえ》へ行《い》った。

清明節《せいめいせつ》…中国《ちゅうごく》の先祖《せんぞ》祭《まつ》り。旧暦《きゅうれき》3月《がつ》、春分《しゅんぶん》から15日目《にちめ》にあたる日《ひ》に家中《いえじゅう》で先祖《せんぞ》の墓参《はかまい》りに出《で》かけ、鶏《にわとり》、豚肉《ぶたにく》、あげ豆腐《どうふ》、米《こめ》、酒《さけ》などを供《そな》える。日本《にほん》には18世紀《せいき》に沖縄《おきなわ》に伝《つた》わり、今日《こんにち》でも重要《じゅうよう》な行事《ぎょうじ》になっている。

その墓《はか》と小栓《しょうせん》の墓《はか》は小路《こみち》をへだてて一文字《いちもんじ》に並《なら》んでいた。華大媽《かたいま》は見《み》ていると、老女《ろうじょ》は四皿《よさら》のお菜《さい》と一碗《ひとわん》の飯《めし》を並《なら》べ、立《た》ちながらしばらく泣《な》いて銀紙《ぎんがみ》を焚《た》いた。華大媽《かたいま》は「あの墓《はか》もあの人《ひと》の息子《むすこ》だろう」と気《き》の毒《どく》に思《おも》っていると、老女《ろうじょ》はあたりを見《み》まわし、たちまち手脚《てあし》をふるわし、よろよろと幾歩《いくほ》かしりぞいて眼《め》をみはって怔《おそ》れた。その様子《ようす》が傷心《しょうしん》のあまり今《いま》にも発狂《はっきょう》しそうなので、華大媽《かたいま》は見《み》かねて身《み》を起《お》こし、小路《こみち》をまたいで老女《ろうじょ》にささやいた。

「老奶奶《ラオナイナイ》、そんなに心《こころ》を痛《いた》めないでわたしといっしょにお帰《かえ》りなさい」

老女《ろうじょ》はうなずいたが、眼《め》はやッぱり上《うわ》ずっていた。そうしてぶつぶつ何《なに》かいった。

「あれごらんなさい。これはどういうわけでしょうかね」

華大媽《かたいま》は老女《ろうじょ》のゆびさした方《ほう》に眼《め》を向《む》けて前《まえ》の墓《はか》を見《み》ると、墓《はか》の草《くさ》はまだ生《は》えそろわないで黄《き》いろい土《つち》がところ禿《は》げしてはなはだみにくいも

遅《おく》れ毛《げ》…髪《かみ》を結《ゆ》った時《とき》に、襟元《えりもと》のあたりに残《のこ》る毛《け》のこと。
半白《はんぱく》…白髪《しらが》が半分《はんぶん》ほどまじった頭髪《とうはつ》。ごましお頭《あたま》。
怔《おそ》れた…おどろいて心《こころ》がひきしまった。ぎくっとした。

のであるが、もう一度、上の方を見ると思わずびっくりした。——紅白の花《はな》がハッキリと輪形《わがた》になって墓《はか》の上《うえ》の丸《まる》い頂《いただき》をかこんでいる。

二人《ふたり》とも、もういい年配《ねんぱい》で眼《め》はちらついているが、この紅白《こうはく》の花《はな》だけはかえってなかなかハッキリ見《み》えた。花《はな》はそんなにも多《おお》くもなくまた活《かっ》気《き》もないが、丸々《まるまる》と一《ひと》つの輪《わ》をなして、いかにも綺麗《きれい》にキチンとしている。華大媽《かたいま》は彼女《かのじょ》の倅《せがれ》の墓《はか》と他人《たにん》の墓《はか》をせわしなく見較《みくら》べて、倅《せがれ》の方《ほう》には青白《あおじろ》い小花《こばな》がポツポツ咲《さ》いていたので、心《こころ》の中《なか》では何《なに》かもの足《た》りなく感《かん》じたが、そのわけをつき止《と》めたくはなかった。すると老女《ろうじょ》は二足《ふたあし》三足《みあし》、前《まえ》へ進《すす》んで仔細《しさい》に眼《め》をとおして独言《ひとりごと》をいった。

「これは根《ね》がないから、ここで咲《さ》いたものではありません――こんなところへたれが来《き》ましょうか？　子《こ》どもは遊《あそ》びに来《く》ることができません。親戚《しんせき》も本家《ほんけ》も来《く》るはずはありません――これはまた、何《なん》としたことでしようか」

(147ページ)ところ禿《は》げ…ところどころ草木《くさき》がなくなって、地面《じめん》が露出《ろしゅつ》しているさま。

仔細《しさい》に…ことこまかに。

老女《ろうじょ》はしばらく考《かんが》えていたが、たちまち涙《なみだ》を流《なが》して大声《おおごえ》上《あ》げていった。

「瑜《ゆ》ちゃん、あいつらはお前《まえ》にみな罪《つみ》をなすりつけました。お前《まえ》はさぞ残念《ざんねん》だろう。わたしは悲《かな》しくて悲《かな》しくてたまりません。きょうこそここで霊験《れいげん》をわたしに見《み》せてくれたんだね」

老女《ろうじょ》はあたりを見《み》まわすと、一羽《わ》の鴉《からす》が枯《か》れ木《ぎ》の枝《えだ》に止《と》まっていた。そこでまたしゃべりはじめた。

「わたしは承知《しょうち》しております。――瑜《ゆ》ちゃんや、可憐《かわい》そうにお前《まえ》はあいつらの陥穽《かんせい》にかかったのだ。天道《てんとう》さまがご承知《しょうち》です、あいつらにもいずれきっと報《むく》いが来《き》ます。お前《まえ》は静《しず》かに冥《ねむ》るがいい。――お前《まえ》ははたして、しんじつはたしてここにいるならば、わたしの今《いま》の話《はなし》をきき取《と》ることができるだろう――今《いま》ちょっとあの鴉《からす》をお前《まえ》の墓《はか》の上《うえ》へ飛《と》ばせてごらん」

そよ風《かぜ》はもうやんだ。枯《か》れ草《くさ》はついついと立《た》っている。銅線《どうせん》のようなものもある。一本《ぽん》が顫《ふる》え声《ごえ》を出《だ》すと、空気《くうき》の中《なか》にふるえていってだんだ

瑜《ゆ》…夏四奶奶《かしナイナイ》の息子《むすこ》の名《な》。
霊験《れいげん》…人《ひと》の祈《いの》りに対《たい》して、神仏《しんぶつ》が現《あらわ》す不可思議《ふかしぎ》なはたらき。
陥穽《かんせい》…落《お》とし穴《あな》。人《ひと》を陥《おとしい》れる策略《さくりゃく》のこと。

ん細《ほそ》くなる。細《ほそ》くなって消《き》え失《う》せると、あたりが死《し》んだように静《しず》かになる。二人《ふたり》は枯《か》れ草《くさ》の中《なか》に立《た》って仰向《あおむ》いて鴉《からす》を見《み》ると、鴉《からす》は切《き》っ立《た》ての樹《き》の枝《えだ》に頭《あたま》をちぢめて鉄《てつ》の鋳物《いもの》のように立《た》っている。

だいぶ時間《じかん》がたった。お墓参《はかまい》りの人《ひと》がだんだんましてきた。老人《ろうじん》も子《こ》どもも墳《つか》の間《あいだ》に出没《しゅつぼつ》した。

華大媽《かたいま》は何《なに》か知《し》らん、重荷《おもに》をおろしたようになって歩《ある》き出《だ》そうとした。そうして老女《ろうじょ》にすすめて、

「わたしどもはもう帰《かえ》りましょうよ」

老女《ろうじょ》は溜《た》め息《いき》ついて不承不承《ふしょうぶしょう》に供物《くもつ》を片《かた》づけ、しばらくためらっていたが、ついにぶらぶら歩《ある》き出《だ》した。

「これはまた、何《なん》としたことでしょうか」

口《くち》の中《なか》でつぶやいた。二人《ふたり》は歩《ある》いて二三十歩《ぽ》も行《ゆ》かぬうちにたちまち後《うし》ろの方《ほう》で、

切《き》っ立《た》て…切《き》ったように垂直《すいちょく》に、立《た》っているさま。
鋳物《いもの》…溶《と》かした金属《きんぞく》を鋳型《いがた》に流《なが》しこんで製造《せいぞう》された器物《きぶつ》。
不承不承《ふしょうぶしょう》に…気《き》が進《すす》まないさま。いやいやながら。

「かあ」

と一声《いっせい》さけんだ。

二人《ふたり》はぞっとしてふり返《かえ》って見《み》ると、鴉《からす》は二《ふた》つの翅《はね》をひろげ、ちょっと身《み》を落《お》として、すぐにまた、遠方《えんぽう》の空《そら》に向《む》かって箭《や》のように飛《と》び去《さ》った。


箭《や》…矢《や》に同《おな》じ。

◆作品によせて

涙《なみだ》は心をつなぐ

大口晴美
（東京都公立中学校学校司書）

人は時代も国も家庭も、そして自分自身のことも選んで生まれてくることはできません。この世に誕生《たんじょう》して、気が付いたらほかの誰《だれ》でもない「私《わたし》」として生きているのです。そして、迷《まよ》いながら、考えながら、人生を歩んでいきます。

私たちの人生で「涙《なみだ》」に無縁《むえん》の人はいないでしょう。幸福なときでも、不幸なときでも涙は頬《ほお》を伝って流れてくるのですから。

涙とは実に不思議《ふしぎ》なものです。悲しい経験をし、流した涙は、子どもを大人に成長させていきます。そして、泣かない子どもがいないように、実は泣かない大人もいないのです。この本で紹介《しょうかい》している七人の作家はすべて十九世紀に生まれていますが、それぞれ生まれた国も育った環境《かんきょう》も生き方も違《ちが》っています。彼《かれ》らが作品の中で「涙」をどのように描《えが》いているかを見てみましょう。

『わがままな大男《おおおとこ》』（オスカー・ワイルド）冬の庭のように孤独《こどく》でわがままだった大男に人を愛することを教えたのは、幼《おさな》い姿《すがた》をしたイエス・キリストでした。人生の最期に神様から祝福を受け、天国へ旅立つ大男の目には喜びの涙があったのではないでしょうか。

『醜《みにく》い家鴨《あひる》の子《こ》』（ハンス・クリスチャン・アンデルセン）醜《みにく》い家鴨《あひる》の子は外見がほかと違っていたために、差別に合い母親からも疎《うと》まれます。そんな彼は自分の居場所《いばしょ》を求め、自分の存在価値《そんざいかち》を考えます。信心深い母親に育てられた作者は、神様からの贈り物《おくりもの》である、人は誰もが唯一無二《ゆいいつむに》の存在《そんざい》である、ということを信じて努力をしつづけました。アンデルセンはこの作品で、苦い涙がいつか、幸せの涙になるように、自分を肯定《こうてい》して生きることの大切さを伝えています。

『巡査《じゅんさ》と讃美歌《さんびか》』（オー・ヘンリー）悪事を働いて刑務所《けいむしょ》で一冬《ひとふゆ》を過《す》ごそうと考えたソーピーは、警官《けいかん》に捕《つか》まるために犯罪《はんざい》を企《くわだ》てますが、すべて失敗に終わります。神様が彼を教会へ導《みちび》き、讃美歌《さんびか》を聴《き》かせることで改心させ、もう一度人生をやり直せるようにしたのかもしれません。彼が流した後悔《こうかい》の涙は、彼の今後を変えていくのではないでしょうか。現代《げんだい》にもある社会的な問題をユーモラスに温かく描いています。

『フランス語《ご》よさようなら』（アルフォンス・ドーデ）アメル先生の言葉に、「自分の国の言葉も、ろくに話せないではないか」とあります。母語のアルザス語をもちながら、戦争によってフランス語が国語になっていたため、生徒《せいと》たちは学校でフランス語を習わなければいけなかったのです。アイデンティティについて考えるきっかけになる作品です。

『かき』（アントン・チェーホフ）牡蠣《かき》は高級食材だったのでしょうか。空腹《くうふく》の少年が牡蠣を殻《から》ごと口に入れたことを金持ちの紳士《しんし》が嘲笑《ちょうしょう》します。父親と一緒《いっしょ》に物乞《ものご》いを始めた少年の悲劇的《ひげきてき》な要素《ようそ》も加えられ、身分関係が厳しかった帝政《ていせい》ロシアの当時の様子を感じさせます。社会の理不尽《りふじん》さを知った少年の目に涙《なみだ》が見えるように、父方の祖父《そふ》が貧《まず》しい農奴《のうど》だった作者の心の中にも、静かで小さな悲しみや怒《いか》りがあったのではないでしょうか。

『塔《とう》の上《うえ》の鶏《にわとり》』（ヘルベルト・オイレンベルク）普段《ふだん》は見向きもされず、盗《ぬす》まれて初めて注目された風見鶏《かざみどり》。鶏《にわとり》を盗んだのは自分の現状《げんじょう》に満足できない裁縫屋《さいほうや》プロルでした。彼は村長よりも牧師《ぼくし》よりも優位《ゆうい》に立ちたい、自分に注目してもらいたいという思いから、風見鶏を盗みだしますが、一時は話題になった風見鶏もいつしかみなに忘《わす》れ去《さ》られてしまいます。理想と現実《げんじつ》の間で苦しむプロルの姿《すがた》を見守っている月にも悲哀《ひあい》が感じられる作品です。

『薬《くすり》』（魯《ろ》　迅《じん》）民衆《みんしゅう》のために戦い処刑《しょけい》された革命家《かくめいか》の血に浸《ひた》した饅頭《まんじゅう》が、薬の正体です。当時の中国では、このような饅頭が肺病《はいびょう》を治すと信じられていました。夏瑜《かゆ》のモデルとされる秋瑾《しゅうきん》という女性革命家は魯迅《ろじん》と親交がありました。革命家の墓《はか》に添《そ》えられた花とカラスの一声に、作者の涙が感じられます。みなさんはこの小説の結末をどのように考えますか。

家族や先生、友人などと喜びを分かち合う涙は、人生に至福《しふく》のときをもたらしますが、私《わたし》たちはどんなに願っても喜びの涙だけでは生きてはいけません。人は涙を流すとき、「悲しい」「苦しい」「寂《さび》しい」「悔《くや》しい」「辛《つら》い」思いと向き合います。そして心の痛《いた》みを知ることで、相手の気持ちもわかるようになっていくのです。

本を読むということは、自分とは違《ちが》う人生を一時経験することに似《に》ています。私たちは読書を通して多くの人に出会います。本はあなたをどんな時代にも、どんな場所にでも連れていってくれます。そして、様々な人に会わせてくれます。あなたが会いたい人にも会えるかもしれません。この七編《へん》の作品に込《こ》められた「涙」を知ることは、作家が描《えが》いた人物とあなたが出会い、彼《かれ》らの思いを受けとめたということです。

本を読んで、めそめそ泣いてもいいのです。自分ではない別の誰《だれ》かが、どのような場所でどのように生きているのかを知り、その思いを受けとめたことになるのですから。それは、あなたがいるここではない遠い世界のまだ出会っていない人たちと思いを共有し、わかりあうための一番の早道なのです。

（おおぐち　はるみ／日本子どもの本研究会 会員）

【編集付記】

編集にあたり、十代の読者にとって少しでも読みやすくなるよう、次の要領で、文字表記の統一をおこないました。ただし、できる限り原文を損なわないよう、配慮しました。

①底本は、それぞれの作品の、もっとも信頼にたると思われる個人全集、校本等にもとづき、数種の単行本、文庫本、初出雑誌等を参考に作成しました。各作品の底本については、別途一覧を設けました。

②送りがな、およびふりがなも、底本とその他の参考図書にもとづきました。これらに明示されていないふりがなは、編集部で付しました。

③旧かなづかいを、現代かなづかいにあらためました。

④漢字の旧字体は、新字体にあらためました。異体字の使用にあたっては、適宜基準をもうけました。

⑤外来語表記は、翻訳時の状況を保持するため、漢字表記も含めてできるかぎり底本通りにしました。

⑥「　」のなかの「。」を取るなど、一部形式的な統一をほどこしました。

なお、本文中には、今日の人権意識から見て不適切と思われる表現がふくまれていますが、原作が書かれた時代的背景・文化性とともに、著者が差別助長の意図で使用していないことなどを考慮して、原文のままとしました。

〈くもん出版編集部〉

扉イラスト＝伊藤彰剛（p107）・北谷しげひさ（p57）・コマツシンヤ（p93）

原　裕菜（p23）・門内ユキエ（p127）・小林裕美子（p5・p57・および脚注カット）

装丁・カバーイラスト＝池畠美香・新海　潤・清宮徳子（アクセア）

本文デザイン＝吉田　亘（スーパーシステム）

【底本一覧】

わがままな大男　オスカー・ワイルド（楠山正雄・訳）…『世界童話集（中）』（一九二七年・アルス）

醜い家鴨の子　ハンス・クリスチャン・アンデルセン（菊池　寛・訳）…『小学生全集　第五巻　アンデルゼン童話集』（一九二八年・文藝春秋社）

巡査と讃美歌　オー・ヘンリー（佐久間原・訳）…『新青年』（一九二八年夏季増刊号・博文館）

フランス語よさようなら　アルフォンス・ドーデ（楠山正雄・訳）…『世界童話集　蛙の王さま』（一九四七年・東西社）

かき　アントン・チェーホフ（神西　清・訳）…『チェーホフ全集　第三巻』（一九六〇年・中央公論社）

塔の上の鶏　ヘルベルト・オイレンベルク（森鷗外・訳）…『鷗外全集　第八巻』（一九七二年・岩波書店）

薬　魯　迅（井上紅梅・訳）…『魯迅全集』（一九三二年・改造社）

読書がたのしくなる●世界の文学

めそめそしてても、いいじゃない!?

二〇一六年一月二十七日　初版第一刷発行

作家―アルフォンス・ドーデ（楠山正雄・訳）
アントン・チェーホフ（神西　清・訳）
魯　迅（井上紅梅・訳）ほか

発行人―志村直人

発行所―株式会社くもん出版
〒108-8617　東京都港区高輪4-10-18　京急第1ビル　13F
電話　03-6836-0301（代表）
03-6836-0317（編集部直通）
03-6836-0305（営業部直通）
http://www.kumonshuppan.com/

印刷所―株式会社精興社

NDC908・くもん出版・160ページ・20cm・2016年
ISBN978-4-7743-2413-5

CD38183

読書がたのしくなる 世界の文学 シリーズ［全10巻］

人は、ひとりでは生きていけない。

焼きパンを踏んだ娘　ハンス・クリスチャン・アンデルセン／吉田絃二郎・訳
母の話　アナトール・フランス／岸田國士・訳
てがみ　アントン・チェーホフ／鈴木三重吉・訳
春の心臓　ウィリアム・バトラー・イェイツ／芥川龍之介・訳
薔薇　グスターフ・ウィード／森　鷗外・訳
真夏の頃　アウグスト・ストリンドベリ／有島武郎・訳
故郷　魯　迅／井上紅梅・訳

親友のつくり方、教えましょう。

二人のロビンソン・クルソー　アルカージー・アウェルチェンコ／上脇　進・訳
親友　オスカー・ワイルド／田波御白・訳
愛の歌　レオン・フラピエ／桜田　佐・訳
牧師　セルマ・ラーゲルレーヴ／森　鷗外・訳
信号　フセボロド・ガルシン／神西　清・訳
威尼斯商人物語　チャールズ・ラム　メアリー・ラム／小松武治・訳

恋の終わりは、いつも同じだけれど…。

自動車待たせて　オー・ヘンリー／妹尾韶夫・訳
駆落　ライナー・マリア・リルケ／森　鷗外・訳
墓　ギ・ド・モーパッサン／秋田　滋・訳
天才　アントン・チェーホフ／神西　清・訳
あいびき　イワン・ツルゲーネフ／二葉亭四迷・訳
小さな人魚姫　ハンス・クリスチャン・アンデルセン／菊池　寛・訳

家族だからって、わからないこともある。

ひと飛び　レフ・トルストイ／米川正夫・訳
そり　オイゲン・チリコフ／鈴木三重吉・訳
シモンの父　ギ・ド・モーパッサン／前田　晁・訳
門番の娘　ジョージ・ギッシング／吉田甲子太郎・訳
暗室の秘密　コナン・ドイル／田中早苗・訳

もう、夢みたいなことばかり言って!!

まっち売りの少女　ハンス・クリスチャン・アンデルセン／鈴木三重吉・訳
ぴあの　アウグスト・ストリンドベリ／楠山正雄・訳
灰かぶり娘　グリム兄弟／菊池　寛・訳
庭のなか　ジュール・ルナール／岸田國士・訳
燕と王子　オスカー・ワイルド／有島武郎・訳
富籤　アントン・チェーホフ／神西　清・訳
二十年後　オー・ヘンリー／田中早苗・訳
頸飾り　ギ・ド・モーパッサン／辻　潤・訳

めそめそしてても、いいじゃない!?

わがままな大男　オスカー・ワイルド／楠山正雄・訳
醜い家鴨の子　ハンス・クリスチャン・アンデルセン／菊池　寛・訳
巡査と讃美歌　オー・ヘンリー／佐久間原・訳
フランス語よさようなら　アルフォンス・ドーデ／楠山正雄・訳
かき　アントン・チェーホフ／神西　清・訳
塔の上の鶏　ヘルベルト・オイレンベルク／森　鷗外・訳
薬　魯　迅／井上紅梅・訳

笑ってばかりで、ゴメンナサイ!!

ルンペルシュチルツヒェン　グリム兄弟／楠山正雄・訳
葬儀屋　アレクサンドル・プーシキン／神西　清・訳
飛行鞄　ハンス・クリスチャン・アンデルセン／菊池　寛・訳
糸くず　ギ・ド・モーパッサン／国木田独歩・訳
老僕の心配　オー・ヘンリー／吉田甲子太郎・訳
幸福な家庭　魯　迅／井上紅梅・訳
破落戸の昇天　モルナール・フェレンツ／森　鷗外・訳

不思議の世界へ、はい、ジャンプ！

阿蘇田と不思議なランプ　【アラビアン・ナイト】／山野虎市・訳
暗闇まぎれ　アントン・チェーホフ／上脇　進・訳
白　ライナー・マリア・リルケ／森　鷗外・訳
鶯と薔薇　オスカー・ワイルド／楠山正雄・訳
メールストロムの旋渦　エドガー・アラン・ポー／佐々木直次郎・訳

ほんとうに、怖がらなくてもいいの？

青鬚　シャルル・ペロー／豊島与志雄・訳
黒猫　エドガー・アラン・ポー／佐々木直次郎・訳
幽霊　ギ・ド・モーパッサン／岡本綺堂・訳
ねむい　アントン・チェーホフ／神西　清・訳
遺産　H・G・ウェルズ／吉田甲子太郎・訳
信号手　チャールズ・ディケンズ／岡本綺堂・訳

ちょっとそこまで、冒険に。

五十銭銀貨　ハンス・クリスチャン・アンデルセン／鈴木三重吉・訳
新浦島　ワシントン・アーヴィング／楠山正雄・訳
死んで生きている話　マーク・トウェイン／佐々木邦・訳
猫の楽園　エミール・ゾラ／榎本秋村・訳
埋められた宝　オー・ヘンリー／長谷川修二・訳
世界漫遊　ヤーコプ・ユリウス・ダビット／森　鷗外・訳